ALICE

ET

CLOTILDE

OU

LE PLAISIR ET LE DEVOIR

PAR Mme C. FALLET

ROUEN

MÉGARD ET Cie, IMPRIM.-LIBRAIRES

BIBLIOTHÈQUE MORALE

DE

LA JEUNESSE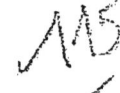

PUBLIÉE

AVEC APPROBATION

Mégard et Cie.   Alice et Clotilde Titre.

Alice aura trois millions, ma mère…. Quel talent
ou quelle vertu pourrait lui manquer.

ALICE

ET

CLOTILDE

OU

LE PLAISIR ET LE DEVOIR

PAR Mme C. FALLET

ROUEN

MÉGARD ET Cie, LIBRAIRES-ÉDITEURS

1863

Les Ouvrages composant **la Bibliothèque morale de la Jeunesse** ont été revus et **ADMIS** par un Comité d'Ecclésiastiques nommé par MONSEIGNEUR L'ARCHEVÊQUE DE ROUEN.

L'Ouvrage ayant pour titre : **Alice et Clotilde,** a été lu et admis.

Le Président du Comité.

Picard

Archip. de la Métrop

Avis des Éditeurs.

———✦———

Les Éditeurs de la **Bibliothèque morale de la Jeunesse** ont pris tout à fait au sérieux le titre qu'ils ont choisi pour le donner à cette collection de bons livres. Ils regardent comme une obligation rigoureuse de ne rien négliger pour le justifier dans toute sa signification et toute son étendue.

Aucun livre ne sortira de leurs presses, pour entrer dans cette collection, qu'il n'ait été au préalable lu et examiné attentivement, non-seulement par les Éditeurs, mais encore par les personnes les plus compétentes et les plus éclairées. Pour cet examen, ils auront recours particulièrement à des Ecclésiastiques. C'est à eux, avant tout, qu'est confié le salut de l'Enfance, et, plus que qui que ce soit, ils sont capables de découvrir ce qui, le moins du monde, pourrait offrir quelque danger dans les publications destinées spécialement à la Jeunesse chrétienne.

Aussi tous les Ouvrages composant la **Bibliothèque morale de la Jeunesse** sont-ils revus et approuvés par un Comité d'Ecclésiastiques nommé à cet effet par Monseigneur l'Archevêque de Rouen. C'est assez dire que les écoles et les familles chrétiennes trouveront dans notre collection toutes les garanties désirables, et que nous ferons tout pour justifier et accroître la confiance dont elle est déjà l'objet.

———✦———

ALICE

ET

CLOTILDE.

I.

La baronne Delcourt. — Alice et Clotilde.

Peu de villes pourraient être comparées avec
avantage à l'ancienne capitale de la Lorraine, qui,
fière à bon droit de ses vastes places, de ses rues
tirées au cordeau, de ses nombreux édifices, de ses

riantes promenades, s'est surnommée *la Belle*.
Mais la campagne qui entoure Nancy ne méritant
pas moins ce surnom que la ville elle-même, et les
beautés de la nature offrant plus d'attrait encore
que le travail de l'homme, si parfait qu'il soit, de
charmantes villes se cachent dans la plaine, sous
un rideau de vieux arbres, s'étagent sur les coteaux plantés de vignes, ou montrent leur toit bleu
orné de girouettes, au milieu de la sombre verdure
des chênes et des sapins qui couronnent ces hau-
teurs.

C'est vers une de ces habitations coquettes et
gracieuses que nous allons nous diriger, en remon-
tant le cours fleuri d'un petit ruisseau qui va se
perdre dans la Meurthe. Une grille ferme l'entrée
d'un grand jardin, que l'acacia, le faux ébénier,
le genêt d'Espagne, le marronnier et le platane
remplissent d'ombre et de parfums. Des allées fine-
ment sablées et faisant deux ou trois tours sur
elles-mêmes, pour prolonger le plaisir des prome-
neurs, sillonnent ce massif sous lequel chantent
une foule d'oiseaux et murmure doucement le
mince filet d'eau dont nous avons parlé.

Un peu plus loin, à travers les menues branches

des arbustes, on distingue un parterre, une verte pelouse et la façade blanche d'un élégant pavillon.

Plusieurs des maisons environnantes sont plus vastes et paraissent plus riches; mais les lieux ont leur physionomie comme les individus, et cette délicieuse retraite respire je ne sais quoi de calme, de doux, d'heureux, qui captive le cœur en même temps que les yeux, qui fait dire au poëte ou au savant : « Qu'on doit être bien ici pour travailler ou pour rêver! » et à tout homme fatigué des soucis ou des déceptions dont la vie est semée : « Il me semble que je trouverais là le repos et l'oubli ! »

Construite sur l'emplacement d'un ancien château démoli par la bande noire, cette demeure est habitée par l'héritière d'une noble famille, Marguerite de Belmont, qu'on appelait, dans sa jeunesse, la belle demoiselle, et qu'on ne connaît presque aujourd'hui que sous le nom plus flatteur encore de *la bonne dame*.

Napoléon aimait à voir ses braves récemment anoblis s'allier aux rejetons des plus vieilles souches : le général Delcourt, baron de l'Empire, épousa Mlle de Belmont. Jeunes tous deux, tous deux d'une grande distinction d'esprit et d'une

1.

égale noblesse d'âme, ils vécurent heureux pendant
cinq ans. L'ordre de rejoindre, à la tête de sa bri-
gade, l'armée qui partait pour la Russie, vint arracher M. Delcourt à cette félicité. Sa femme eut un
instant la pensée de le suivre; mais deux jeunes
enfants réclamaient ses soins; elle dit adieu au
général et ne le revit plus.

Veuve à vingt-huit ans, la baronne se consacra
tout entière à ces deux chers petits êtres auxquels
elle avait sacrifié la triste joie de recueillir le dernier soupir de son époux, et peut-être le bonheur
de ne pas lui survivre.

C'était une courageuse femme, comprenant ce
que valait son titre de mère et prête à tout faire
pour le justifier. Elle quitta Paris et vint avec Hortense et Lucien, pauvres enfants qui pleuraient en
voyant ses larmes, s'enfermer à Belmont.

L'instruction de Mme Delcourt avait été celle de
la plupart des jeunes filles de son temps, c'est-à-
dire qu'elle savait lire, écrire et compter tout juste
assez pour vérifier, au besoin, les notes de ses
fournisseurs et correspondre avec son mari; mais
la solitude à laquelle elle s'était vouée lui laissant
tout le temps que prenaient, aux jours de son bon-

heur, les exigences du monde, elle résolut de le remplir par l'étude. Elle fit venir auprès d'elle un vieux et habile professeur, dont elle devint l'élève. Privée de toute autre joie, elle voulait goûter dans sa plénitude celle de donner à ses enfants la vie de l'intelligence et du cœur, après leur avoir donné celle du corps.

La baronne n'eût pu choisir une plus utile diversion à sa douleur, nous ferions mieux de dire une consolation plus efficace; car, au lieu de chercher à éloigner le souvenir du général, elle l'avait placé tout au fond de son cœur, afin qu'il n'en sortît jamais, et soit qu'elle parlât aux deux orphelins de probité, d'honneur, de gloire, de patrie, le nom de leur père revenait à chaque instant sur ses lèvres. Mais ces deux enfants l'obligeaient à détourner ses regards du passé pour les fixer vers l'avenir, et cette poignante douleur, que la religion et l'amour maternel avaient empêchée de se changer en désespoir, se transforma insensiblement en une tristesse douce et résignée.

Quand ses leçons commencèrent à devenir insuffisantes à Lucien, elle le confia à son sage professeur; afin que de bonnes études le missent à même d'embrasser un jour une carrière honorable. Mais elle continua de s'occuper seule de sa fille, et elle s'attacha moins encore à l'instruire qu'à lui inspirer l'amour du bien, à développer dans son cœur les vertus qui rendent la femme heureuse dans la prospérité et la soutiennent dans l'infortune.

Elle eut la joie de voir Hortense devenir une jeune fille accomplie et d'entendre toutes les mères faire l'éloge de son fils. Mais un chagrin terrible l'attendait encore : ces deux enfants, qu'elle avait mariés le même jour, moururent la même année : Hortense d'une maladie lente, et Lucien d'un accident arrivé à la chasse. Hortense, avant d'expirer, avait légué sa chère petite Clotilde à la baronne Delcourt, et la veuve de Lucien, appelée par son aïeul, riche planteur de la Jamaïque, lui remit, avant de quitter la France, Alice, son unique enfant.

Mᵐᵉ Delcourt recommença patiemment sa tâche, et, entourées de ses tendres soins, les deux orphelines oublièrent bientôt ce qu'elles avaient perdu. A cet âge, les larmes ne durent qu'un jour; mais la baronne ne devait pas se consoler ainsi :

le temps même, ce souverain remède de tous les maux, ne cicatrise jamais entièrement la plaie faite au cœur d'une mère par la perte de ses enfants. Pourtant l'obligation qu'elle s'était imposée d'élever ses petites-filles l'arracha au douloureux engourdissement dont un coup si terrible avait frappé son âme ; la gentillesse de Clotilde et d'Alice, leurs douces caresses adoucirent l'amertume de ses regrets, et leurs joyeux ébats, leurs jeux bruyants rendirent un peu de vie à sa demeure.

Ces deux enfants ne se ressemblaient en rien ; pourtant elles étaient toutes deux charmantes. Alice avait une délicieuse tête de chérubin, blonde, blanche et rose, avec de grands yeux d'un bleu foncé, pétillant de tant de malice et de vivacité, qu'au premier abord on les eût crus bruns, et une bouche presque toujours entr'ouverte par les éclats d'un rire argentin. Clotilde avait les cheveux noirs, le teint d'une blancheur mate, l'œil déjà rêveur, et le sourire caressant. Alice était vive, impatiente et étourdie. Cette étourderie lui faisait souvent commettre des fautes ; mais elle les avouait avec tant de franchise, elle en témoignait un si sincère repentir, qu'il était impossible de ne pas les lui pardonner aussitôt. Clotilde avait hérité de sa mère une grande douceur, une raison précoce, de rares dispositions pour l'étude, mais une imagination ardente et une sensibilité excessive.

La baronne Delcourt était alors une femme de soixante-cinq ans, belle encore, malgré tous les chagrins qu'elle avait éprouvés, belle surtout de l'angélique bonté qui rayonnait sur son visage et tempérait ce que sa grande distinction eût pu avoir de trop imposant. Accessible à tous ceux qui souffraient, ouvrant son cœur et sa bourse à qui l'implorait, elle enseignait à ses petites-filles, bien moins par des préceptes que par des exemples, à pratiquer cette sainte vertu que la religion nomme charité, que le monde appelle bienfaisance, et qui, n'importe comment on la désigne, se fait partout révérer et bénir.

C'était toujours par les mains d'Alice et de Clotilde que passaient les aumônes de Mme Delcourt, et plus d'une fois elle avait tressailli de joie en surprenant une larme dans leurs yeux, ou en voyant une petite pièce, tirée de leur bourse, se joindre furtivement à son offrande.

Elle n'aimait point à fatiguer ses élèves de longues

leçons de morale : c'était en priant elle-même qu'elle leur apprenait à prier ; c'était en se montrant constamment douce, patiente et dévouée, qu'elle leur formait un bon caractère, comme c'était en faisant du bien qu'elle les initiait à la pratique de la charité.

Toutes deux répondaient merveilleusement à ses soins, et il lui eût été impossible de dire laquelle de la folle Alice ou de la sérieuse Clotilde elle chérissait le plus. Elle voyait, avec le délicieux orgueil des mères, ces aimables enfants grandir chaque jour en force, en beauté, en savoir, en raison ; et si le regret de ne pouvoir dire à Hortense et à Lucien : « Voilà vos filles ! » ne fût venu souvent oppresser son cœur, Belmont eût été le séjour de la plus parfaite félicité.

Ce regret, Mme Delcourt l'éprouvait plus vif et plus douloureux encore que d'habitude, le jour où commence ce simple récit ; car c'était l'anniversaire de la mort de Lucien, et, pour la sixième fois, à pareille date, elle allait conduire Alice sur la tombe de son père. Elle se leva de bonne heure, habilla elle-même les deux petites filles et prit avec elles le chemin du cimetière.

Au lieu de folâtrer autour de leur aïeule, comme
de jeunes agneaux dans les prés reverdis, au lieu
de gazouiller comme des fauvettes, Alice et Clotilde marchaient silencieusement à ses côtés. Elles
ne se souvenaient de leurs parents que comme on
retrouve au réveil l'image un instant entrevue
dans un rêve; elles n'étaient pas encore arrivées à
l'âge où le cœur ressuscite, pour les entourer d'a-
mour, le père et la mère trop tôt enlevés à ceux
qu'ils devaient guider dans le chemin de la vie;
mais quoique l'idée de la mort n'eût rien de bien
clair pour leur jeune esprit, leurs vêtements de
deuil et la tristesse de Mme Delcourt avaient éloigné
pour un instant leur habituelle gaîté.

A quelque distance du cimetière, Alice commença de cueillir çà et là les liserons, les clo-
chettes blanches, les charmantes petites fleurs
rouges, bleues, jaunes, qui nuançaient la verdure
du sentier; elle en forma un bouquet; puis, arrivée auprès de la tombe de Lucien, elle le baisa
à deux reprises et le déposa sur le marbre qui
porta   nom de son père. La baronne émue
l'embrassa en pleurant et fit signe aux deux enfants de s'agenouiller auprès d'elle. Leur prière
fut courte, mais tendre et fervente.

Ce pieux devoir rempli, on reprit moins tristement le chemin de Belmont; et quand on y arriva, Alice et Clotilde avaient retrouvé le joyeux babil qui seul avait le pouvoir de ramener le sourire sur les lèvres de leur aïeule.

Une grande surprise les y attendait. Au pied du perron, une berline de voyage était arrêtée; plusieurs domestiques l'entouraient, occupés les uns à dételer les chevaux, les autres à transporter au château des malles et des cartons. Au milieu des valets affairés, on remarquait une négresse qui paraissait leur donner des ordres. Mme Delcourt allait s'informer du nom de ces hôtes inattendus, quand la veuve de Lucien parut.

Alice la reconnut aussitôt et courut dans ses bras; car si la baronne lui parlait souvent du père qu'elle avait perdu, elle ne lui laissait pas oublier qu'il lui restait une mère, et il ne se passait pas un jour sans qu'on parlât, à Belmont, de son retour, dont pourtant on ignorait l'époque.

Privée depuis si longtemps de son enfant, la jeune femme ne pouvait se lasser de l'embrasser et de l'admirer.

— Mon Dieu! ma mère, dit-elle à la baronne,

vous ne m'aviez pas dit combien elle est belle.
Regardez quels grands yeux bleus, quelle peau
fine et blanche, quelle chevelure soyeuse et bou-
clée, quelle jolie petite bouche! Oh! viens que je
t'embrasse encore; car tu es charmante, mon
Alice bien-aimée.

Clotilde, que Mme Lucien Delcourt n'avait pas
même remarquée, la regardait et sentait de grosses
larmes lui monter aux yeux. Ce n'était pas ainsi
que son père, M. de Granville, avocat à la cour
royale de Nancy, accueillait Alice quand il venait
à Belmont. Il ouvrait les bras aux deux enfants, et
si les baisers qu'il donnait à sa fille étaient plus
tendres que ceux qu'il déposait sur le front de sa
nièce, celle-ci ne s'en apercevait pas; aussi
était-ce fête pour toutes deux, lorsqu'on annonçait
sa visite.

Alice vit-elle l'embarras de Clotilde, ou suivit-
elle seulement l'impulsion de son cœur? Nous
l'ignorons; mais elle vint prendre sa cousine par
la main et la conduisit à sa mère.

— Embrasse aussi ma bonne petite sœur, dit-
elle.

— Ah! c'est Clotilde, dit Mme Lucien. Qu'elle

est grande et forte ! Aimes-tu bien Alice, mon
enfant ?

— Oh ! oui, ma tante, je l'aime de tout mon
cœur, et elle m'aime bien aussi, n'est-ce pas,
Alice ?

— Sans doute.... Tu es si bonne.... si bonne et
si savante, ajouta-t-elle en parlant à sa mère. Sans
elle je serais souvent grondée ; mais elle m'aide à
faire mes devoirs et à étudier mes leçons.

— Nous étudions donc déjà ? demanda la jeune
femme.

— Déjà !... répondit Alice. Mais nous avons tout
près de douze ans, et bonne maman nous répète
souvent que nous sommes assez grandes pour travailler sérieusement à nous instruire.

— Ainsi tu sais lire ?

— Il y a longtemps. J'écris passablement aussi,
mais moins bien que Clotilde. D'ailleurs elle ne
fait presque plus de fautes d'orthographe, et moi
j'en fais encore beaucoup, parce que je suis
étourdie.

— Étourdie ?... C'est un charmant défaut dont je
ne veux pas que tu te corriges. Je déteste les enfants raisonnables.

Alice, tout étonnée, regardait alternativement sa mère et son aïeule.

— Ta maman veut dire qu'elle n'aime pas les enfants maussades, se hâta de répondre la baronne à cette interrogation muette, et je suis bien de son avis.

— En effet, chère bonne maman, ce n'est pas la première fois que tu nous le dis, reprit Alice. Tu veux qu'on soit studieuse et docile, mais en même temps aimable et gaie.

— Ce qui me paraît fort difficile, dit Mme Lucien ; car l'étude ennuie beaucoup plus qu'elle n'égaie.

— Mais non, petite mère. Je t'assure que je ne suis jamais de si bonne humeur que quand j'ai bien su mes leçons et que grand'maman a été contente de mes devoirs. Et toi, Clotilde ?

— Ni moi non plus. On joue avec tant de plaisir quand on a bien travaillé !

— A merveille ! fit la jeune femme. Recevez mes compliments, Madame, dit-elle ensuite à la baronne avec un peu d'ironie : vos élèves profitent on ne peut mieux de vos sages conseils.

— Et comment n'en profiterions-nous pas ? reprit vivement Alice. Bonne maman se donne tant

de peine pour nous instruire ; elle est si heureuse
quand elle nous voit attentives, si triste quand
nous sommes distraites ou paresseuses, que nous
travaillons pour qu'elle sache bien que nous l'ai-
mons.

— Aussi je le sais, mes enfants, dit la baronne
en réunissant dans ses bras Alice et Clotilde ; je le
sais et je vous en remercie.

Puis, pour couper court à cette conversation, elle
s'informa du voyage de sa belle-fille et de la situation de ses affaires.

Mme Lucien Delcourt était en deuil : son aïeul
était mort depuis six mois , en lui laissant un magnifique héritage. Elle n'avait pu attendre que ses
biens fussent vendus, tant il lui tardait de revoir
son pays et sa fille, et elle s'était embarquée,
après avoir remis ses intérêts aux mains d'un ami
dévoué.

— Mon projet est d'aller vivre à Paris, dit-elle
à la baronne. J'y ai conservé quelques amis et j'y
trouverai pour l'éducation de ma petite Alice toutes
les ressources désirables.

Emmener Alice, c'était assurément le droit de
Mme Lucien ; mais l'aïeule, frappée de cette nou-

velle, ne put retenir une exclamation de surprise
et de douleur. Clotilde jeta un cri, et les pleurs qui
depuis longtemps gonflaient sa paupière commencèrent à couler.

— Pourquoi voudrais-tu m'emmener, petite
mère? demanda Alice. Reste plutôt à Belmont, et
ne me sépare ni de grand'maman ni de Clotilde,
que j'aime comme une sœur.

— Nous parlerons de cela, dit la baronne, ne
pensons aujourd'hui qu'au bonheur de nous trouver réunies. Vous m'accorderez bien d'ailleurs
quelques semaines, ma chère fille; et si vous m'en-
levez Alice, ce ne sera pas sans m'avoir laissé le
temps de me préparer à cette séparation.

Alice s'était rapprochée de son aïeule; sa jolie
figure était devenue pâle, et l'on voyait qu'elle
avait peine à retenir ses larmes : elle aimait
Mᵐᵉ Lucien, parce qu'on lui avait dit qu'elle devait
l'aimer; mais elle chérissait la baronne, qui l'avait
élevée, et elle n'eût pu hésiter un instant entre ces
deux mères.

La jeune femme le vit, et, bien qu'elle ne pût
raisonnablement s'en étonner, elle en ressentit tant
de jalousie, qu'oubliant ce qu'elle devait de recon-

naissance à sa belle-mère, elle lui fit presque un
crime de l'affection de cette enfant. Toutefois elle
ne désespéra de rien et consentit, de bonne grâce,
à passer un mois à Belmont.

Un mois, c'est tout un avenir quand on a douze
ans ; aussi la sérénité reparut sur le front des deux
petites filles, et elles employèrent le reste de la
journée à s'émerveiller devant les objets rapportés
par Mme Lucien des lointains climats qu'elle venait
de quitter.

II.

Mᵐᵉ Lucien Delcourt. — La famille Delcourt à Paris. — Retour de la baronne Delcourt et de Clotilde à Belmont.

Mᵐᵉ Lucien Delcourt avait trente ans et ne songeait à rien moins qu'à s'ensevelir au fond d'une campagne. La baronne, d'ailleurs, ne lui en eût pas donné le conseil : pour vivre heureux dans la solitude, il faut pouvoir l'embellir et la peupler, ressource que ne possédait pas la jeune femme. Elle avait une grande habitude du monde, faisait à merveille les honneurs de sa maison et entendait

aussi bien que qui que ce fût le grand art de la
toilette, qui avait été, il faut l'avouer, l'objet prin-
cipal de ses études. Douée d'un certain esprit naturel, elle savait varier agréablement ces riens qui
composent la conversation d'un grand nombre de
salons ; elle avait la repartie prompte ; mais on
pouvait lui reprocher de sacrifier souvent au plaisir
de dire un bon mot ou de faire applaudir une fine
saillie, sinon la réputation, du moins l'amour-
propre d'autrui. En un mot, c'était une femme
comme on en rencontre beaucoup, qui passent
pour bonnes parce qu'elles n'ont pas de défauts
saillants, avec qui, quand rien ne les contrarie,
il est facile de vivre, et que, par instants, on trouve
sensibles aux souffrances d'autrui et empressées
de les soulager ; mais un de ces esprits vains qui
ne rêvent que le plaisir, de ces caractères frivoles
que leur légèreté rend incapables d'un sentiment
profond, et leur égoïsme d'un dévouement sérieux.

Elle aimait sa fille : quelle est la mère qui n'aime
pas son enfant ? Elle l'aimait surtout depuis
qu'elle l'avait revue si gracieuse et si jolie ; elle se
faisait une joie de la parer, de la montrer. Tout

2

cela n'a rien que de bien naturel, et cette faiblesse, si toutefois c'en est une, fait la plus grande partie des petits bonheurs maternels ; aussi ne songeons-nous pas à en adresser le moindre reproche à la jeune femme ; mais si elle eût aimé Alice avec ce désintéressement qui fait qu'on s'oublie soi-même pour ne penser qu'au bien de l'objet aimé, elle se fût privée de sa fille pendant quelques années encore et l'eût laissée entre les mains de la baronne Delcourt, dont Lucien lui avait vanté souvent la haute raison et les nobles vertus.

Nous ne songeons pas non plus à blâmer Mme Lucien de la jalousie qu'elle éprouva, lorsqu'elle comprit qu'Alice lui préférait son aïeule ; mais elle eut le grand tort d'accueillir sans examen tous les moyens qui lui parurent propres à conquérir le cœur de son enfant.

Elle lui témoigna une extrême tendresse, la retint sans cesse à ses côtés, et, déclarant qu'elle avait été trop longtemps privée de la présence de cette enfant chérie pour n'être pas avide d'en jouir, elle ne voulut laisser à personne le soin de s'occuper de ses besoins ou de ses plaisirs. Jusque-là tout était bien. Alice, sensible à ces témoi-

gnages de tendresse, s'attachait à sa mère et devenait de jour en jour plus confiante et plus affec-
tueuse. Mme Lucien trouva cependant que ce changement n'était pas assez prompt, et, sans se soucier
du tort qu'elle allait faire à sa fille, elle rit de ce
qu'elle appelait la sévérité de la baronne, flatta la
paresse d'Alice, en lui disant qu'elle ne voulait
point la fatiguer, que ce qu'elle souhaitait avant
tout, c'était de la voir joyeuse, qu'elle aimerait
mieux la laisser ignorante que de la voir pâlir sur
ses livres et sur ses cahiers, que d'ailleurs la chère
enfant était jeune encore, que rien ne pressait, et
qu'enfin, comme elle aurait un jour fortune et
beauté, il n'était pas nécessaire qu'elle fût si savante.

Alice s'étonna d'abord de ce langage, si différent
de celui auquel la baronne l'avait habituée; elle
fit même à sa mère quelques réponses si justes,
qu'elles amenèrent un instant la rougeur au front
de Mme Lucien; mais comme, après tout, elle n'avait
que douze ans et qu'elle aimait mieux courir dans
le jardin, cueillir des fleurs, poursuivre les papillons et habiller sa poupée, que d'étudier la grammaire ou la géographie, elle ne tarda pas à penser

que sa mère avait raison, et bientôt elle se trouva beaucoup plus heureuse sous son autorité que sous celle de la baronne. Tout ce qu'elle faisait était trouvé charmant; tous ses caprices étaient satisfaits aussitôt que connus, et, au lieu de reproches, bien tendres, il est vrai, mais assez fréquents, qu'elle recevait avant l'arrivée de Mme Lucien, il n'y avait plus pour elle que des caresses et des compliments.

Peu à peu, et sans que la jeune femme se fût permis autre chose qu'un petit sourire à demi railleur, quand Alice lui répétait quelqu'une des recommandations que la baronne avait coutume de lui faire, l'enfant se persuada que son aïeule était trop vieille pour savoir comment il fallait élever la jeunesse; qu'elle avait des préjugés et des manies qu'il ne fallait pas contrarier en face, mais auxquels il ne fallait pas non plus faire grande attention; et comme à cet âge on ne sait pas encore dissimuler, bien qu'Alice fût tendre avec la baronne comme par le passé, il eût été facile de remarquer qu'elle n'avait plus pour cette digne institutrice le respect mêlé de confiance qu'elle lui portait naguère.

Cette nuance n'échappa point à Mme Delcourt, et elle s'en affligea profondément. Elle avait plus d'une fois rêvé avec bonheur à l'avenir de ses deux petites-filles et trouvé dans de douces espérances la récompense de ses soins et de ses efforts, et maintenant elle commençait à craindre l'influence d'une mauvaise éducation sur Alice, bonne et facile nature qu'on formerait sans peine au bien, si l'on savait la diriger, mais qui se tournerait vers le mal, si cette habile direction lui manquait.

Le mois accordé par Mme Lucien aux instances de la baronne s'écoula promptement pour Alice, qui jamais ne s'était vue tant choyée, et pour Clotilde, qui tremblait qu'on ne la séparât de sa bonne petite sœur. Il est vrai que, depuis l'arrivée de sa mère, Alice, tout entière à cette affection nouvelle, avait un peu négligé Clotilde ; mais si la douce enfant s'en était aperçue, elle le pardonnait de bien bon cœur à sa compagne.

La baronne voyait aussi arriver avec douleur l'époque de la séparation ; aussi, Mme Lucien lui ayant proposé de venir avec Clotilde se fixer auprès d'elle et lui ayant promis de laisser Alice à ses soins, la bonne aïeule accueillit cette offre, et, disant adieu au toit qui l'avait vue naître, aux ombrages qu'elle aimait, à cette poétique nature qui tant de fois l'avait consolée, elle partit pour Paris, à la grande joie de ses deux petites-filles.

Le plus bel appartement du splendide hôtel acheté par la jeune femme fut mis à la disposition de Mme Delcourt, qui s'y installa avec Clotilde. Alice partagea celui de sa mère. Belmont était un riant séjour, mais il y avait loin de l'élégante simplicité qui en avait dirigé la construction et choisi l'ameublement au luxe qui régnait chez Mme Lucien. Ce changement flatta la petite vanité d'Alice, et quand une charmante toilette eut remplacé la robe de percale blanche et le grand chapeau de paille qu'elle portait chez son aïeule, elle commença de se croire supérieure à sa cousine, dont le costume était, à peu de chose près, resté le même qu'à la campagne.

La semaine qui suivit son arrivée à Paris fut une suite d'enivrements. Tous les jours elle sortait avec sa mère, et le coupé rentrait à l'hôtel encombré de jouets de toutes sortes, dont Alice

avait peine à se séparer, même pour dormir, et
auxquels la petite capricieuse ne songeait plus le
lendemain. Clotilde, appelée à donner son avis sur
toutes ces luxueuses fantaisies, les admirait naïve-
ment et en acceptait sa part avec reconnaissance.
Pourtant un jour qu'Alice avait, sans s'en apercé-
voir peut-être, été plus froide avec elle que de coutume et paraissait s'ennuyer un peu, Clotilde lui
dit tout bas :

— Nous n'avions pas toutes ces jolies choses à
Belmont, mais nous y étions bien heureuses.

Une petite moue dédaigneuse, un léger mouvement d'épaules fut la réponse d'Alice; Clotilde
la comprit et courut au jardin pour que personne
ne vît ses larmes.

Il avait été convenu que les deux enfants re-
cevraient, comme en Lorraine, les leçons de leur
aïeule, et qu'après l'heure de ces leçons seulement,
Mme Lucien disposerait de sa fille. La baronne était
trop raisonnable pour exiger que ces conventions
fussent aussitôt remplies. Elle ne les rappela à sa
belle-fille qu'au bout d'un mois. Celle-ci lui promit
de nouveau tout ce qu'elle voulut, mais Mme Delcourt ne tarda pas toutefois à reconnaître que ces

promesses étaient illusoires. Alice venait chaque
jour l'embrasser, mais chaque jour aussi sa mère
qui l'accompagnait remettait au lendemain le travail, et, sous un prétexte ou sous un autre, elle
emmenait l'enfant qui ne demandait pas mieux et
qui se félicitait d'avoir échappé une fois encore à
l'ennui de l'étude.

La baronne, craignant que cela ne continuât,
eut avec la jeune femme un entretien sérieux. Elle
lui parla comme elle eût parlé à sa fille, lui repré-
senta avec tendresse, mais avec fermeté, le tort
qu'elle causait à son enfant, et la supplia de lui
permettre d'élever Alice comme Lucien eût désiré
qu'elle fût élevée, c'est-à-dire de lui donner assez
de talents, assez de vertus pour qu'elle n'eût rien à
craindre de l'infortune, rien à redouter de la prospérité.

Mme Lucien rit des inquiétudes de la baronne :
l'avenir d'Alice n'était-il pas assuré ?

Elle avait été libéralement douée par la nature ;
elle promettait d'avoir de l'esprit, de la grâce, une
beauté peu commune, et elle serait un jour
l'unique héritière de deux millions. Deux millions !... En un siècle où l'or est un si puissant en-

chanteur, Alice, sans esprit, sans grâce, sans beauté, pourrait encore prétendre au bonheur; que ne devait-elle donc pas espérer?

En vain Mme Delcourt essaya de modifier les idées de sa belle-fille; en vain elle y employa le langage sévère de la raison et la persuasive éloquence du cœur, la jeune femme ne la comprit pas ou ne voulut pas la comprendre, et, après une seconde épreuve, tout aussi infructueuse que la première, Mme Delcourt annonça qu'elle allait retourner à Belmont. Si elle n'eût eu d'autre enfant qu'Alice, elle n'eût pu se résoudre à la quitter, mais il n'était pas juste que Clotilde, léguée à sa tendresse par sa fille mourante, souffrît de la frivolité de Mme Lucien, et la baronne respectait trop son devoir pour ne pas le remplir.

Alice vit sans beaucoup de chagrin s'éloigner son aïeule et sa cousine, les deux chères affections de son enfance; mais la baronne fut navrée de cette séparation, et Clotilde pleura pendant plus de huit jours sa bonne petite sœur, qui, elle le sentait, ne l'aimait presque plus.

III.

Lettre de Mme Delcourt sur l'importance de l'éducation
des filles.

Rentrée à Belmont avec un nouveau deuil au
cœur, Mme Delcourt se consacra entièrement à
l'enfant qui lui restait. Clotilde, plus réfléchie
qu'on ne l'est ordinairement à son âge, comprit,
à son propre chagrin, ce que devait être celui de la
baronne; et comme, depuis qu'elle connaissait sa
tante, elle appréciait mieux que jamais la tendresse de son aïeule, elle résolut de tout faire pour
la consoler.

Elle se livra avec une nouvelle ardeur à l'étude, apporta la plus grande attention aux leçons de Mme Delcourt, s'appliqua à se corriger des légers défauts qu'elle lui reprochait et redoubla pour elle de soins et d'amour.

Si pendant les heures de travail Clotilde pensait à sa cousine, c'était surtout au moment des récréations que cette gaie compagne lui manquait. La baronne le vit, et, craignant pour cette enfant, déjà trop sérieuse, l'effet d'une complète solitude, elle se chargea de la fille de son jardinier, plus jeune que Clotilde de deux ans.

Mariette était douce, gentille, et commençait à lire. Clotilde fut chargée de l'instruire et elle accepta sa tâche avec de véritables transports de joie. Fière de la confiance qu'on lui accordait, elle se fit un point d'honneur de s'en montrer digne, et Mme Delcourt n'eut qu'à se louer de cette heureuse idée. L'étude finie, l'élève et la maîtresse devenaient presque aussi enfants l'une que l'autre et faisaient assaut de bruit et de bonne humeur; mais au premier mot de son aïeule, Clotilde reprenait son rôle de mentor, et, la leçon de Mariette terminée, se mettait elle-même au tra-

vail, afin, disait-elle, de n'être pas obligée d'a-
vouer bientôt qu'elle n'avait plus rien à apprendre
à sa petite amie.

Malgré toute la joie que lui donnait l'aimable
enfant, Mme Delcourt ne pouvait oublier Alice, et,
mettant de côté tout amour-propre, elle écrivit à
Mme Lucien une lettre que nous allons rapporter
ici, parce qu'elle résume les idées de la baronne
sur l'éducation de ses filles et montre sa grande
bonté d'âme.

« Belmont me semble bien triste, ma chère
Amélie, depuis que vous ne l'habitez plus. Vous
voir était déjà devenu pour moi une douce habitude, et je regrette que ma modeste demeure n'ait
pu vous plaire assez pour vous inspirer le désir
de vous y fixer. Mais surtout je pleure ma petite
Alice, le sourire de mes vieux ans et la moitié de
mon âme. A toute heure je la cherche, et quand
Clotilde, voyant ma tristesse, accourt dans mes
bras, j'envoie à la chère absente autant de baisers que j'en donne à sa sœur. Pourtant je ne me
plains pas : Alice vous appartient, vous me l'avez
reprise; quelle mère n'en eût fait autant? Mais
comme elle a été ma fille pendant six années,

comme elle est l'enfant de mon fils, j'ai le droit
de l'aimer, et je l'aime. Je l'aime, et non-seulement je me rappelle les jours passés, ces jours
où elle m'a consolée et réjouie, mais je pense à
son avenir, qu'au prix de ce qui me reste de vie
je voudrais riant et heureux. J'ai plus du double
de votre âge, ma chère Amélie, et si chaque année qui s'écoule nous prive d'un plaisir, nous ôte
une illusion, elle nous laisse, comme dédomma-
gement de ce qu'elle nous enlève, un peu de cette
morose vertu qu'on nomme l'expérience. Laissez-
moi donc vous dire, mon enfant, quel est, à mon
avis, le meilleur moyen de préparer à notre Alice
cet avenir doux et serein que vous et moi nous
souhaitons pour elle.

« On l'a dit bien des fois, le bonheur ne se
trouve que dans l'accomplissement du devoir, et
rien de ce que j'ai vu ne m'a portée à douter de
cette vérité. Or, les devoirs de la femme sont
grands, sont nombreux, et quelquefois bien pénibles à remplir.

« Vous l'ignorez peut-être, ma fille; car vous
êtes une heureuse mère, et votre premier chagrin d'épouse, chagrin terrible, il est vrai, a été

la mort de mon bien-aimé Lucien. Mais la vie
n'est pas pour toutes les femmes aussi douce et
aussi facile qu'elle l'a été pour vous tart qu'a
vécu mon fils, et il s'en rencontre beaucoup,
même parmi les riches et les puissants de ce
monde, qui ont besoin d'une force héroïque pour
supporter leurs douleurs et les dérober à tous les
yeux. Dieu n'éprouvera pas si cruellement notre
fille chérie; vous et moi, nous l'en prierons du
moins; mais croyez-moi, chère Amélie, si for-
tunés que soient les jours qu'il lui garde, plus
nous l'aurons sagement élevée, plus nous aurons
fait pour sa félicité.

« Je crois que l'éducation exerce une incon-
testable influence sur le sort de la femme d'a-
bord, sur le bonheur de la famille ensuite, enfin
sur la gloire et la prospérité de la société, cette
autre famille dont nous sommes tous les membres.

« Cela vous paraît sans doute bien sérieux,
chère Amélie; mais ne riez pas, je vous en prie,
si je vous parle de la gloire et de la prospérité
de la société, à propos d'une charmante espiègle
qui n'a pas encore douze ans. C'est que je ne puis
m'empêcher de m'étonner de ce que, dans un

pays qui désire des citoyens probes, laborieux,
pleins de courage et de désintéressement, on ne
se préoccupe pas sérieusement de former l'intelligence des femmes, de leur inspirer de nobles
pensées et de généreuses affections, et d'en faire
des âmes fortes, patientes, énergiques, sincèrement pénétrées du sentiment de leurs devoirs,
fières de leur mission et capables de tous les sacrifices pour l'accomplir.

« On disait à Sparte : « Ce sont les femmes qui
« font les hommes. » Et non content de fortifier
leur corps par l'exercice et le travail, on donnait
à leur cœur cette vigoureuse trempe, ce mâle
courage qui nous semble presque barbare, quand
nous le voyons imposer silence au sentiment le
plus profond et le plus impérieux, à l'amour maternel.

« Aujourd'hui, comme alors, l'influence de la
mère de famille est immense. C'est à elle qu'il
appartient de lire la première dans le cœur de
ses enfants; c'est elle qui y jette les premières
semences de l'honneur et de la vertu; c'est elle
qui, suivant avec sollicitude le développement de
cette jeune intelligence, y grave les premières

notions du juste et de l'injuste; c'est elle qui
tourne vers le bien ses naissantes aspirations et
guide ses pas incertains dans le sentier de la vie.
Et puisqu'il est prouvé que les impressions re-
çues les premières sont celles qui s'effacent le
moins, cette éducation du berceau que la mère
doit donner suffirait à lui imposer une haute res-
ponsabilité, quand on ne saurait pas quelle influence une femme exerce sur ceux qui l'en-
tourent.

« Je pense donc, ma chère enfant, qu'on a tort
de nous habituer à nous regarder comme des
êtres faibles et nuls; car nous prenons des goûts
en rapport avec cette idée qu'on nous donne de
nous-mêmes, tandis que si l'on nous disait de
bonne heure ce que nous sommes appelées à faire
de bien, si l'on nous laissait entrevoir un peu du
mal que nous pourrons causer, nous ne regar-
derions pas les frivoles soucis de la vanité comme
la plus sérieuse occupation de notre vie; relevées
à nos propres yeux par l'importance de notre
tâche, nous travaillerions à nous rendre capables
de tenir un jour dignement notre place, et l'on
verrait se développer en nous, autant que le per-

mettrait notre âge, les vertus que plus tard on nous demandera.

« Si, pour devenir un artiste habile ou un docte professeur, il faut consacrer des années à un travail assidu ; si, pour n'être qu'un simple artisan, il faut longtemps, sous les yeux d'un maître, exercer sa force et son adresse, comment peut-on exiger qu'une jeune fille dont on a sans cesse flatté la vanité, encouragé l'indolence, à laquelle on n'a jamais montré la vie sous son véritable jour, qui l'a jugée toute de bonheur et de plaisir, lors de ses premiers pas dans le monde, se transforme, en échangeant son nom contre celui d'un époux, et d'insouciante et folle, d'enfant volontaire et capricieuse qu'elle était, devienne tout à coup sérieuse et vigilante, douce et soumise, bonne et ferme à la fois, telle enfin que nous nous plaisons à nous représenter la femme forte et bénie, l'ange du foyer, la providence de la famille ?

« Vous direz comme moi, chère Amélie, que demander une si subite et si complète transformation serait on ne peut plus injuste, et pourrait à bon droit révolter la pauvre enfant, ignorante jusque-là des devoirs austères dont on lui prescrit la pratique. Mais il est facile de lui épargner cette douleur. Les femmes n'ont presque pas d'enfance: leur esprit accueille sans peine une idée sérieuse, pourvu qu'on la leur présente sous une forme agréable, pourvu qu'on sache, en la leur insinuant, flatter leur amour-propre ou intéresser leur cœur; et comme c'est par le cœur surtout qu'elles sont appelées à vivre, c'est à leur cœur surtout qu'il faut s'adresser.

« L'amour-propre s'éveille en nous avant même que la raison illumine notre intelligence : c'est une fibre dont la sensibilité ne s'use point, une corde qui résonne toujours sous le doigt qui la touche, un défaut qui tient lieu de vertu à l'enfant qui n'en a pas, et qui vient merveilleusement en aide à quiconque veut instruire et diriger la jeunesse.

« Tant qu'Alice a été confiée à mes soins, j'ai beaucoup obtenu d'elle par la louable émulation que lui inspirait l'exemple de Clotilde; elle est seule aujourd'hui, mais vous pouvez encore, ma fille, lui parler de cette sœur chérie de ses premiers ans, l'animer au travail, à la vertu, en lui disant qu'un jour, que bientôt peut-être, elles se reverront. Car j'aurai encore, n'est-ce pas, ma chère Amélie, le bonheur de voir réunies sous mon toit ces deux enfants de mon cœur ? Quand vous aurez pendant quelques mois possédé seule la moitié de mon cher trésor, quand vous aurez rassasié vos yeux de la vue d'Alice et votre cœur de ses caresses, vous penserez à moi, et, pour me donner encore un jour de joie avant que Dieu m'appelle, vous reviendrez avec elle animer et embellir ma demeure. Et si, en retrouvant dans notre Alice les traits chéris de son père, j'y découvre les vertus et les talents dont il souhaitait de la voir ornée, je vous bénirai, ma chère fille, je vous aimerai comme j'aimais les deux enfants que j'ai perdus.

« Gardez-vous de croire toutefois, ma chère Amélie, qu'en vous engageant à donner à Alice une éducation sérieuse, je veuille vous conseiller de lui enlever cette bruyante et spirituelle gaîté qui lui sied si bien et de la remplacer par la précoce tristesse, par le désenchantement et le dégoût de la vie. Loin de là. Je regarde ce désenchantement et ce dégoût qui flétrissent trop souvent la fleur de la jeunesse, comme le résultat d'une éducation mal dirigée, qui ne sait occuper ni le cœur ni l'esprit, et livre à l'oisiveté et à tous les dangers qui l'accompagnent l'imagination ardente et l'âme impressionnable des jeunes personnes. Ne pensez pas non plus que je songe à faire de vous un mentor sévère, qui, la menace à l'œil et le précepte à la bouche, devienne pour elle la personnification de la contrainte. Je désire, au contraire, que vous soyez sa meilleure amie, la confidente de toutes ses pensées, car c'est en lui inspirant une tendresse et une confiance sans bornes que vous parviendrez à la guider, sans qu'il lui en coûte ni peine ni effort, vers le but auquel vous voulez atteindre : son bonheur.

« Vous avez sous la main d'habiles professeurs, et Alice a pour l'étude d'excellentes dispositions, faites-la donc instruire : le savoir ne nuit jamais. Vous êtes fort riche, et notre chère enfant n'aura pas, je l'espère, besoin de son travail pour subsister; mais élevez-la comme si elle devait un jour se suffire à elle-même : ce sera lui créer d'agréables occupations et peut-être une ressource précieuse.

« Vous chérissez Alice, ne craignez pas de le

lui laisser voir ; mais ne fermez pas les yeux sur
ses défauts, qui, fort légers aujourd'hui, pourraient devenir graves, si vous ne cherchiez à les
réprimer. Et soyez sûre que quand la raison aura
mûri l'esprit fin et droit de notre aimable enfant,
elle vous saura gré de l'avoir élevée moins pour
votre satisfaction personnelle que dans son propre
intérêt.

« Parlez-lui quelquefois de son aïeule, ma
chère Amélie, ne soyez pas égoïste : vous occu-
perez toujours la plus large part de son cœur,
permettez-lui de me garder l'autre ; rappelez-lui
aussi quelquefois Clotilde, sa douce compagne,
afin que, quand je ne serai plus, l'affection d'Alice
console l'enfant sans mère.

« Adieu, Amélie, adieu, ma fille ; écrivez-moi
souvent et n'oubliez pas, je vous en prie, que toujours vous aurez en moi une véritable mère. »

IV.

Eugénie et Antoinette Dubreuil. — Mme Germont. — Leur
liaison avec Mme Lucien.

— Décidément ma chère belle-mère est incorri-
gible, s'écria la jeune veuve en recevant la lettre
que nous venons de lire. J'espérais que, d'après
notre dernière conversation, elle me laisserait diriger à mon gré l'éducation d'Alice; mais, dût-
elle prêcher dans le désert, il faut qu'elle fasse
de la morale. Pauvre baronne, quel travers!...
Je commence à croire que j'ai fort bien fait de lui
reprendre ma fille : elle en eût fait une pédante

ou une prude, tandis que j'espère, moi, ne voir
dans quelques années d'ici aucune jeune personne
qui le cède en esprit, en grâce, en beauté, à ma
charmante Alice.

— N'as-tu pas reçu des nouvelles de Belmont,
chère maman? demanda l'espiègle en accourant
auprès d'elle.

Mme Lucien rougit; car, sans y songer sans
doute, elle avait mis en pièces la lettre de la baronne et avait livré au vent les morceaux dont
quelques-uns venaient en tournoyant de rentrer
par la fenêtre entr'ouverte.

— Oui, mon enfant, répondit-elle, mais une
lettre d'affaires qui ne peut nullement t'intéresser.

— Grand'maman ne dit donc rien pour moi?
reprit Alice d'un air chagrin.

— Elle te recommande de beaucoup étudier,
d'être bien raisonnable. Es-tu contente?

L'enfant fit une petite moue significative et embrassa sa mère, en murmurant :

— Je préfère de beaucoup tes recommandations
à celles-là, chère maman.

— Eh bien! suis-les, ma chérie.

— Je n'ai garde de les oublier. Pourtant il n'est

pas si facile de s'amuser que tu le crois, et depuis
que Clotilde est partie....

— Tu t'ennuies?

— Non..., mais, comme je suis toute seule à
admirer mes beaux jouets, je commence à me
lasser de les regarder, et il me semble que je
jouais avec bien plus de plaisir à Belmont.

Ce qui fait le charme de la récréation, c'est le
travail qui la précède et qui la suit; mais la jeune
femme n'y songea pas, et pour qu'Alice ne regrettât plus Clotilde, elle lui permit de se lier avec
les deux filles d'un banquier qui habitait une
maison voisine de l'hôtel Delcourt.

Les demoiselles Dubreuil avaient perdu leur
mère depuis longtemps déjà, et leur père, absorbé par des spéculations importantes, se reposait
du soin de leur éducation sur la gouvernante qu'il
leur avait donnée.

Mme Germont, que des revers de fortune avaient
obligée de solliciter cette place, était incapable de
la remplir, moins encore à cause du peu d'instruction qu'elle possédait que de la manière dont elle
comprenait ses devoirs de seconde mère.

Eugénie, l'aînée de ses élèves, avait de l'esprit,

d'heureuses dispositions pour l'étude ; mais elle était volontaire, orgueilleuse, ennemie du travail, et ne pouvait supporter la plus légère contradiction. Antoinette, sa sœur, était douce, bonne, sensible, mais paresseuse à l'excès. Comme leur gouvernante ne les aimait assez ni l'une ni l'autre pour vouloir les corriger et les instruire malgré elles ; comme, en acceptant la noble tâche qui lui était confiée, elle n'avait songé qu'à en recueillir les avantages et à s'en épargner les peines et les soucis, elle laissa la plus grande liberté aux deux jeunes filles ; celles-ci, pour prix de cette lâche complaisance, firent son éloge à M. Dubreuil, qui se félicita d'avoir si heureusement choisi une mère à ses enfants.

Mme Germont avait beaucoup vu le monde et le regrettait vivement. Jeune encore, aimant le luxe et le plaisir, elle ne pouvait se consoler de ce qu'elle avait perdu, et souvent les heures destinées au travail se passaient en récits dans lesquels, sans crainte d'éveiller mal à propos ces jeunes imaginations, l'institutrice peignait à ses élèves les belles fêtes qu'elle avait vues, les toilettes qu'elle y avait admirées, le bonheur qu'elle y avait goûté.

Ces descriptions plaisaient aux deux petites filles beaucoup plus que les arides leçons dont elles auraient dû s'occuper, et, chacune d'elles en subissant l'influence selon son caractère, Eugénie aspirait ardemment à s'affranchir du joug de l'enfance ; elle rêvait bals, concerts, spectacles, tandis qu'Antoinette se demandait pourquoi elle prendrait la peine d'étudier, puisqu'il n'était jamais question de grammaire, de géographie ni d'histoire dans ces réunions dont Mᵐᵉ Germont leur parlait.

Les progrès des deux élèves devaient s'en ressentir ; mais comme elles avaient une fort bonne tenue et se présentaient bien au salon, quand M. Dubreuil les y faisait appeler pour embrasser une parente ou saluer un ami de la maison ; comme elles le réjouissaient de temps en temps d'un morceau de musique passablement exécuté, et qu'il avait d'ailleurs entière confiance en Mᵐᵉ Germont, il ne pensait pas à s'inquiéter du reste.

La gouvernante accueillit avec plaisir les avances faites par la mère d'Alice à Eugénie et à Antoinette, qui avaient alors, l'une douze ans, l'autre quatorze. La solitude pesait à Mᵐᵉ Germont, et son caractère, ses goûts, son âge la rapprochant de

Mme Lucien, elles se lièrent bientôt intimement.

Alice ayant exprimé le désir d'avoir, comme ses amies, une institutrice, on s'occupa de lui en chercher une. Une jeune personne instruite, modeste, parfaitement élevée, telle que l'eût choisie la baronne, se présenta et fut accueillie ; mais elle eut le tort de vouloir prendre son rôle au sérieux. Alice, déjà gâtée par l'exemple de ses nouvelles compagnes, reçut fort mal ses conseils, s'irrita de ses réprimandes et alla, tout en larmes, demander à Mme Lucien de lui permettre de retourner auprès de son aïeule. La maligne enfant n'en avait nulle envie ; mais elle avait remarqué que le plus sûr moyen de tout obtenir de sa mère, c'était de paraître regretter Belmont ; et cette fois encore l'événement lui prouva qu'elle ne se trompait pas. Mme Lucien fit appeler l'institutrice et lui enjoignit assez durement de ne plus contrarier Alice à l'avenir. Aussi surprise que peinée de ces reproches immérités, la jeune personne demanda ce qu'elle aurait à faire auprès de son élève, s'il lui était interdit de l'encourager au travail et de la reprendre de ses défauts ; elle dit, en quelques mots pleins de raison et de dignité, comment elle comprenait

sa tâche, et, ne voulant pas attendre qu'on la
congédiât, elle quitta la maison, en plaignant Alice
qu'elle aimait déjà.

Mme Germont, informée de ce qui s'était passé,
rit beaucoup des idées de cette demoiselle sur
l'éducation, et adopta tout à fait celles de Mme Lucien : rien de ce qui pouvait produire avec avantage
une jeune fille dans le monde ne devait être négligé ; le reste importait fort peu. On devait
d'ailleurs être fort indulgent pour les défauts de
l'enfance, défauts que la raison se chargerait de
corriger.

Enchantée de trouver quelqu'un qui la comprît
si bien, Mme Lucien pria son amie de faire agréer
à M. Dubreuil qu'Alice partageât les leçons de ses
filles, et la gouvernante y réussit, en ne laissant
au banquier que l'alternative d'y consentir ou de
chercher une autre institutrice.

Cet arrangement combla les vœux de notre
étourdie, qui n'eut plus à se plaindre de trop de
travail et ne parla plus de Clotilde. Eugénie, plus
âgée qu'elle de deux ans, était trop grande et
trop dédaigneuse pour s'amuser de ces charmants
jouets qu'Alice était lasse de regarder seule ; mais

Antoinette les aimait beaucoup, et, pendant un an, on s'amusa de tout son cœur. On n'apprit pas grand'chose, il est vrai; mais à quoi bon?...

Pourtant, de loin en loin, la pensée d'Alice se reportait vers les jours si paisiblement passés à Belmont; et comme il y a plus de raison qu'on ne le suppose dans une petite tête de douze ans, elle songeait que Clotilde devenait de jour en jour plus savante, et que si le hasard les rapprochait bientôt, son amie d'enfance lui serait fort supérieure. Mais avec son caractère pétulant, son esprit mobile, elle ne pouvait longtemps réfléchir; aussi l'instant d'après elle plaignait Clotilde et se moquait de sa bonne grand'mère qui aurait voulu, disait-elle, faire de ses petites-filles les deux plus grands docteurs de l'univers.

Pendant quelques mois elle avait écrit assez régulièrement à la baronne; mais avec le respect, la confiance et l'amour s'en vont : les lettres d'Alice devinrent plus rares, et, sans oublier tout à fait son aïeule, elle crut pouvoir se dispenser de lui parler de sa tendresse et de sa reconnaissance à d'autres époques qu'à celles où l'usage lui en faisait un devoir; encore fallait-il que Mme Lucien les lui rappelât.

Au bout d'un an, l'ardeur d'Alice pour le jeu se refroidit, et Antoinette fut un peu négligée par sa joyeuse compagne, qui se rapprocha d'Eugénie. Elle s'en plaignit en vain : les longues promenades dans le jardin, les mystérieuses conversations remplacèrent les éclats de rire et les bruyants amusements : Alice ne voulait plus être une enfant.

Mme Lucien, qui avait encore des prétentions à la jeunesse, vit ce changement avec déplaisir et gronda doucement Alice de vouloir faire la grande demoiselle.

— Je suis sûre, répondit l'enfant gâtée, que Clotilde n'a plus de poupées, et grand'maman, que tu trouves si sévère, ne nous empêcherait pas de nous promener, si cela nous faisait plaisir.

Mme Lucien, ne voulant pas passer pour plus rigide que la baronne, permit à sa fille d'agir comme elle l'entendrait, et Antoinette fut tout à fait délaissée.

Alice avait bien autre chose à faire, vraiment, que de jouer avec sa jeune amie : il lui fallait le temps de songer à sa toilette, et celui de lire les beaux ouvrages dont Eugénie lui parlait.

Naguère elle avait plus d'une fois haussé les

épaules en voyant Eugénie lire à l'écart ; mais elle aussi prenait goût à la lecture et commençait à préférer cette distraction à tout autre plaisir.

Si faible que fût Mme Lucien, elle n'eût pas souffert que ce qu'elle appelait un mauvais livre souillât les mains de sa fille, et Mme Germont, quelque indifférente qu'elle fût au bien de ses élèves, eût sévèrement proscrit un volume irréligieux ou immoral. Mais l'une et l'autre croyaient pouvoir permettre la lecture de ces romans prétendus moraux parce qu'au dénoûment le vice y reçoit le châtiment qu'il mérite et qu'on n'y rencontre d'ailleurs aucune expression qui puisse blesser une oreille délicate. La gouvernante avait même persuadé à Mme Lucien que cet amour de la lecture, devenu bientôt chez Alice une véritable passion, développerait son intelligence, ornerait son esprit, rendrait son style plus facile, sa conversation plus brillante, et l'initierait avec fruit à la connaissance du monde dans lequel, un jour, elle serait appelée à vivre.

La crédule mère s'en réjouit, et choisit de préférence à tout autre les romans historiques, sans se douter que les auteurs de ces ouvrages, quelque

talent qu'ils y aient déployé, n'ont jamais eu la pensée de les substituer aux traités d'histoire destinés
à la jeunesse.

Après avoir longtemps nié la nécessité de
l'instruction, Mme Lucien commençait à craindre
qu'Alice n'en possédât pas assez ; et certes, si les
bons soins de la baronne n'eussent triomphé de
bonne heure des premières difficultés, notre
étourdie fût restée fort ignorante.

Elle le savait et avouait en riant qu'à l'exception
d'un peu de musique, elle n'avait rien appris
depuis près de quatre ans qu'elle avait quitté
Belmont ; mais elle ajoutait qu'elle avait joui de
l'enfance la plus libre et la plus joyeuse qu'on pût
imaginer, et ce témoignage suffisait pour endormir
les regrets qui parfois venaient troubler et inquiéter
sa mère.

V.

Amour de Clotilde pour l'étude. — Ses progrès. — Son affection pour Alice.

Clotilde avait grandi comme Alice, et, comme Alice aussi, elle disait un soir, en embrassant la seule mère qu'elle eût connue :

— Je te dois, bonne maman, la plus heureuse enfance qu'il soit possible de rêver.

Mais ce qu'Alice disait pour atténuer l'effet produit sur Mme Lucien par l'aveu de son ignorance, partait du cœur de Clotilde comme un cri d'amour et de reconnaissance.

3.

Nous n'apprendrions rien à nos lecteurs, si nous entreprenions de leur dire comment la baronne avait mérité cet hommage qu'elle recevait avec autant d'attendrissement que de joie.

Elle regardait ce bonheur de Clotilde, fruit des plus saintes affections de l'âme, d'étude et de travail, comme un gage de l'avenir riant et doux qu'elle lui souhaitait. En effet, lequel de ces éléments de bonheur pourrait lui manquer ? L'étude et le travail, amis indulgents et fidèles, ont toujours des joies et des consolations à donner à qui les appelle, même après les avoir longtemps négligés. Un jour viendrait, il est vrai, et peut-être ce jour n'était pas éloigné, où Clotilde ne la trouverait plus à ses côtés; mais il lui restait un père; puis elle était si belle, si bonne, qu'elle serait aimée ; si sage, qu'elle saurait choisir un époux digne d'elle, et une nouvelle famille viendrait lui rendre moins amers les souvenirs du passé.

Ainsi pensait l'aïeule, et volontiers elle eût, comme le pieux Siméon, chanté le *Nunc dimittis;* son vœu le plus cher était comblé, et, puisqu'on retrouve au delà du tombeau ceux qu'on a longtemps pleurés, elle pourrait dire à sa fille : « Ai-je

tenu la parole que je t'avais donnée ? Ai-je été une
mère pour ton enfant ? »

Clotilde avait vraiment surpassé les espérances
que Mme Delcourt avait mises en elle. Studieuse,
docile, animée d'un ardent désir de profiter des
leçons qui lui étaient données, elle y avait merveilleusement réussi. Aussi la baronne était fière
de son ouvrage ; mais comme il n'y a pas de bonheur parfait en ce monde, plus elle se félicitait du
succès de la méthode qu'elle avait suivie pour
l'éducation de Clotilde, plus elle regrettait de ne
pouvoir laisser qu'à une de ses filles cet inesti-
mable héritage.

Dire combien l'oubli d'Alice lui fut pénible serait
difficile; mais Clotilde en souffrit plus qu'elle encore, l'expérience ayant fait prévoir à l'aïeule ce
qui arrivait, tandis que l'aimable enfant, ne con-
naissant rien de la vie, n'avait jamais supposé
que sa sœur bien-aimée pût cesser de la chérir.

A mesure que Clotilde grandit, le souvenir
d'Alice, au lieu de s'effacer de son cœur, s'y grava
plus profondément. La gentille Mariette avait été
longtemps pour elle une charmante compagne,
elle l'aimait sincèrement ; mais Mariette avait

deux ans de moins qu'elle, et deux ans, qui comptent pour si peu quand l'âge mûr est arrivé, mettent une distance immense entre l'enfant et la jeune fille, surtout entre une jeune fille sérieuse comme l'était Clotilde et une enfant étourdie comme Mariette. Quand Clotilde, cessant de penser et d'agir en enfant, commença à sentir le besoin d'une amie, à qui elle pût ouvrir son cœur débordant de la douce poésie de la jeunesse, et confier les idées sérieuses qui traversaient son esprit, ce ne fut pas Mariette qu'elle appela. Elle songea à la compagne de ses premiers ans, à la confidente de ses premiers chagrins, de ses premières joies, à Alice enfin. Ce nom montait sans cesse à ses lèvres sans qu'elle osât le prononcer, tant elle craignait d'affliger son aïeule.

Mais une aïeule est deux fois mère, et, pour avoir vieilli, elle n'a rien oublié. Elle voit tout, elle comprend tout, et, plus indulgente encore qu'une mère, peut-être parce qu'elle a eu plus à aimer et à pardonner, peut-être parce qu'étant plus près de la tombe elle veut se hâter de faire des heureux, elle sourit à la jeunesse et s'en déclare la douce protectrice.

Mme Delcourt, habituée à lire dans le cœur de Clotilde, devina ce que la jeune fille souhaitait si ardemment, et ce fut elle qui parla d'Alice.

— Il me semble qu'il y a bien longtemps que tu n'as écrit à ta cousine, lui dit-elle. Puisque le printemps nous ramène la verdure et les fleurs qu'elle aime tant, engage-la à venir passer quelques semaines avec nous.

Clotilde ne se fit pas répéter ce conseil, et, sa lettre partie, elle attendit Alice. Les lilas défleurirent, les blés tombèrent sous la faucille du moissonneur, et elle attendait toujours. Mais quand octobre vint rougir le pampre des coteaux, quand les gaies vendanges furent terminées et que les premières rafales de la bise jonchèrent de feuilles les allées du petit parc, Clotilde éprouva quelque chose de ce que ressent, en les voyant tomber, le malade dont elles prononcent l'arrêt : Alice ne l'aimait plus !

Pourtant Clotilde se trompait : Alice était étourdie, elle n'était pas ingrate. Les distractions qui lui étaient offertes la séduisaient; elle avait voulu que sa mère la produisît dans le monde, et quoique sa mère la trouvât bien jeune encore, elle avait

cédé. C'était au moment où chaque jour lui ame-
nait un plaisir longtemps souhaité, que la lettre de
Clotilde lui était parvenue. Elle l'avait lue avec
émotion; car ni Eugénie ni Antoinette ne lui
étaient aussi chères que Clotilde; elle s'était trouvée bien coupable d'avoir négligé cette bonne
sœur, d'avoir oublié sa digne aïeule, elle avait dit :
« Je partirai demain. »

Demain!.... Qui de nous n'a remis, en répétant
sans cesse ce mot, quelque devoir d'amitié auquel
il a fini par renoncer, n'osant plus le remplir?
Pourtant *mieux vaut tard que jamais,* dit un vieux
proverbe, et les proverbes sont la sagesse des na-
tions.

La tristesse de Clotilde allait croissant : ses
joues perdaient leurs fraîches couleurs, et les efforts qu'elle faisait pour dissimuler son chagrin
ne pouvaient tromper la baronne.

— C'est aujourd'hui que commence ta seizième
année, mon enfant, lui dit-elle un matin, et, tout
en m'éveillant, j'ai prié Dieu de te bénir.

— Que tu es bonne, chère maman ! et comme
tu m'aimes ! répondit Clotilde en l'embrassant.

— Oh ! oui, je t'aime, ma fille. Pour fêter

joyeusement cet anniversaire, je voudrais t'offrir quelque joli cadeau, et je ne sais vraiment à quoi m'arrêter. Aide-moi un peu, je t'en prie.

— Comment le pourrais-je, ma mère? Tu ne me laisses rien à désirer.

— Vraiment, tu ne désires rien? reprit l'aïeule; s'il en est ainsi, peu de mortels peuvent se dire aussi heureux que toi. Cependant je m'étais figuré que je trouverais bien, dans quelque petit coin de ton cœur, un souhait à satisfaire, et je m'en réjouissais.... Cherchons ensemble.... Veux-tu que je t'achète une jolie toilette? Préfères-tu que j'enrichisse ta bibliothèque de quelques bons ouvrages, ou aimes-tu mieux encore que je te remette en espèces sonnantes le présent que je te destine? Mais non, je le vois, rien de tout cela ne te sourit.... Tu es bien difficile.

— N'as-tu donc pas deviné, ma bonne mère, quel est mon plus ardent, quel est mon seul désir? C'est de voir, c'est d'embrasser Alice.... Et puisqu'elle ne vient pas....

— Nous irons la trouver, dit l'aïeule, voyant que Clotilde n'osait achever. Fais donc tes préparatifs, nous partirons ce soir.

— Serait-il vrai, ma mère? Tu consentirais....

— Enfant, ne disais-tu pas, il n'y a qu'un instant, que je ne t'avais jamais laissé rien désirer?

———

VI.

—

De Nancy à Paris il n'y a plus aujourd'hui qu'une distance qu'on franchit en huit heures ; mais la grande ligne de fer qui relie Strasbourg à la capitale de la France n'était alors qu'en projet. Mme Delcourt et Clotilde prirent donc place, à neuf heures du soir, dans le coupé de la diligence, et, malgré toute leur impatience, n'arrivèrent que le surlendemain à midi au terme de leur voyage.

La baronne, ne voulant pas différer d'un instant la joie que Clotilde se promettait, se fit aussitôt conduire à l'hôtel Delcourt.

Mme Lucien et Alice étaient occupées à examiner un nouvel ameublement qu'on venait de placer dans le salon, quand les deux voyageuses y entrèrent sans permettre qu'on les annonçât.

— Ma mère ! s'écria Alice, en se jetant dans les bras de la baronne.

Puis vint le tour de Clotilde. Les deux jeunes filles pleuraient de joie, et l'aïeule, non moins émue, les contemplait avec bonheur.

Quand elles se furent embrassées dix fois de suite, quand elles eurent essuyé leurs larmes, elles se regardèrent. Clotilde, plus âgée qu'Alice de quelques mois seulement, n'était pas beaucoup plus grande ; mais une vie calme, l'exercice, le grand air avaient développé ses forces ; c'était une fraîche et gracieuse jeune fille, tandis que sa cousine était pâle, fatiguée et souffrante.

— Mon Dieu, Clotilde, dit Alice, que tu es jolie !...

Clotilde rougit : c'était la première fois qu'on lui parlait de sa beauté.

— Il y a si longtemps que nous ne nous sommes vues, répondit-elle, que moi aussi je te trouve changée.

— Mais peu embellie, n'est-ce pas ? reprit Alice en souriant.

— Tu parais souffrante, ma chère enfant, dit Mme Delcourt, en la pressant encore une fois sur son cœur. Dis-moi bien vite si je me trompe.

— Oh ! oui, bonne maman ; je n'ai jamais été mieux portante ni plus heureuse. J'étais si loin de m'attendre à vous voir.

— Méchante, tu nous oubliais, dit Clotilde.

— Moi, oublier ma bonne grand'mère !... oublier ma sœur !... Tu n'en crois rien.

— Nous avons donc bien fait de venir ? demanda l'aïeule.

Un baiser fut la réponse d'Alice.

Mme Lucien avait fait à sa belle-mère le plus aimable accueil, quoique sa joie fût loin d'égaler celle de sa fille ; mais il lui avait fallu toute son habitude du monde pour témoigner à Clotilde quelque plaisir à la revoir. Un vif sentiment de jalousie venait de la mordre au cœur : cette petite fille, élevée au fond d'une campagne par une vieille femme sévère et morose, était non-seulement plus belle, mais plus gracieuse, plus charmante, dans sa modeste simplicité, que ne le serait jamais Alice. Elle s'était figuré sa nièce bien droite, bien raide, le regard en-dessous, l'air gauche, la tournure empesée, la tête remplie de grandes phrases, mais la conversation nulle, ou, ce qui est pire encore, sentant la femme savante et sûre d'elle-même, et elle préférait de beaucoup à ce portrait peu flatteur son aimable, gaie et spirituelle Alice. En suivant pour l'éducation de sa fille une marche tout opposée à celle de la baronne, la jeune veuve avait compté sur le triomphe des apparences, et voilà qu'un instant venait de lui suffire pour reconnaître que Clotilde, riche, elle n'en doutait pas, de vertus, de talents, de raison, relevait par un excellent ton, une grande distinction de manières, la beauté peu commune dont elle était douée.

Décidément la baronne l'emportait, et Mᵐᵉ Lucien, forcée d'en convenir, ne pouvait se résoudre à le lui pardonner. L'arrivée inattendue de sa belle-mère l'inquiétait aussi quelque peu; mais elle n'en laissa rien paraître, et Mᵐᵉ Delcourt, qui l'aimait, malgré les torts qu'elle eût pu lui reprocher,

crut au plaisir que la jeune femme témoignait de la
revoir.

Pendant qu'elles s'entretenaient des années
écoulées depuis leur séparation, Alice et Clotilde
prirent leur volée vers le jardin. Elles avaient tant
de choses à se dire, qu'elles s'oublièrent pendant
plus de deux heures sous une tonnelle. Il n'y avait
plus de verdure; entre les tiges minces et sèches
de la clématite et de la vigne-vierge glissaient
quelques rayons d'un pâle soleil, que bientôt un
gros nuage venait voiler; mais jamais journée d'été
n'avait paru plus brillante aux deux amies : le
bonheur de se revoir embellissait tout autour
d'elles.

Vouloir redire leur causerie serait entreprendre
une tâche aussi difficile que celle de noter la chan-
son du rossignol ou le joyeux ramage, composé de
cent voix, qu'on entend au lever de l'aurore sous
l'ombre des grands bois. Tour à tour vive, légère,
sérieuse, enfantine, empreinte de sentiment et de
poésie, cette causerie passa du rire aux larmes et
revint des larmes à la plus folle gaîté. Trois mots
qui semblent n'appartenir qu'aux vieillards tom-
baient à chaque instant des lèvres des jeunes filles :

« Te souviens-tu? » Et l'heureux âge où elles avaient vécu de la même vie repassait devant leurs yeux avec ses jeux, ses plaisirs, ses émotions. Alice se rappelait Belmont comme si elle l'eût quitté de la veille, et il fallait que Clotilde lui parlât de tout ce qu'elle y avait laissé : du gros chat blanc qu'elle caressait; du vieux Médor, qui la laissait si complaisamment monter sur son dos ; des deux cygnes qui attendaient à l'heure du goûter un morceau de son pain ; de l'acacia sur lequel était gravé son nom ; du banc de gazon où elle aimait à s'asseoir; du jardinier dont elle avait souvent écrasé le buis et foulé les plates-bandes; de Mariette, avec qui elle avait maintes fois joué; de sa nourrice, enfin, qui avait tant pleuré en lui disant adieu.

Le cœur d'Alice n'avait pas changé; c'était la même franchise, la même bonté, le même attachement pour ceux qui l'avaient aimée. Clotilde se reprocha de l'avoir mal jugée, et sentit s'augmenter encore l'affection qu'elle lui avait conservée.

La conversation des deux jeunes filles eût duré longtemps encore, si Mᵐᵉ Lucien ne fût venue rappeler à sa fille que ce soir-là elle recevait et engager Clotilde à se reposer un peu, afin de pouvoir se réunir à ses invités.

— Ah ! mon Dieu ! s'écria Alice, je l'avais tout à fait oublié. Et ma toilette qui n'est pas prête encore !

— Je ne suis pas fatiguée, dit Clotilde, je t'aiderai à la préparer.

— Non, non, ce sera bientôt fait. Occupons-nous d'abord de la tienne. Je veux que tu sois bien belle pour te présenter à mes amies.

Clotilde allait s'excuser de paraître à cette soirée ; la baronne, qui survint, lui fit signe de se rendre au désir de sa cousine. Mᵐᵉ Lucien avait demandé à sa belle-mère s'il lui serait agréable qu'elle remît sa soirée à un autre jour et qu'elle en fît aussitôt avertir les personnes qu'elle attendait ; la baronne n'avait pas voulu le souffrir, et, dans la crainte de passer pour un censeur trop sévère et de s'aliéner ainsi dès l'abord le cœur d'Alice, elle avait consenti à ce que Clotilde parût à cette petite fête.

Elle n'était pas fâchée d'ailleurs de pouvoir étudier les jeunes filles qui formaient la société d'Alice et de l'examiner elle-même pendant cette soirée. Par un calcul qui ne manquait pas d'habileté, Mᵐᵉ Lucien, pour s'épargner ce qu'elle appelait les

sermons de la baronne, avait pris le parti de la
choisir pour confidente, de lui dire que sa fille était
toujours étourdie, volontaire, et que, comme jamais on ne l'avait forcée de travailler, elle était
fort peu instruite. Elle eut, sans rien promettre à
Mme Delcourt, le talent de lui faire entendre qu'elle
comptait sur ses bons soins pour qu'Alice n'eût
point à lui reprocher plus tard une coupable faiblesse, et la baronne conçut l'espoir de retourner
bientôt à Belmont avec ses deux petites-filles.

C'était son plus cher désir; car elle ne doutait
pas que, si défectueuse qu'eût été l'éducation d'A-
lice, sa raison ne se mûrît, les bonnes qualités qui
pouvaient en faire une femme supérieure ne se
développassent, s'il lui était donné de passer deux
ans auprès d'elle, en compagnie de Clotilde. Aussi
la baronne, retirée dans son appartement, s'endormit bercée par les bonnes paroles de Mme Lucien,
tandis que ses deux enfants s'occupaient, Clotilde
avec assez d'insouciance, Alice avec une ardeur
sans pareille, des détails de leur toilette.

— Je veux que nous soyons mises absolument
l'une comme l'autre, avait dit l'enfant gâtée.

Et vite on avait envoyé chercher les plus habiles ouvrières; rien ne paraissait assez joli ni assez élégant à Alice ; elle voulait que sa cousine, dont elle avait si souvent parlé, fût trouvée telle qu'elle l'avait dépeinte. Clotilde, au contraire, trouvait tout trop beau, trop coquet pour une petite provinciale qui jamais n'avait vu dans le salon de son aïeule que deux ou trois vieilles dames et le curé du village. Elle parvint à faire choisir à Alice une robe de tulle à deux jupes, ornée seulement de ruches de ruban blanc comme la robe, fraîche toilette qui témoignait de son bon goût et de son amour pour la simplicité.

Ce n'était pas la première fois qu'un caprice de Mlle Delcourt obligeait les ouvrières à se hâter ; et comme alors elle était fort généreuse, les deux robes furent achevées avant la nuit. Alice ne voulut s'en rapporter qu'à elle-même du soin de parer sa chère Clotilde. Elle n'épargna rien pour la faire bien belle, essaya, tour à tour, dans les épaisses nattes de ses cheveux noirs cinq ou six sortes de fleurs, et se décida pour un superbe camélia rouge, bien qu'elle sût qu'un bouquet de violettes de Parme ou de roses blanches lui siérait à elle-même beaucoup mieux. Alors elle battit des mains, et,

4

après avoir achevé sa toilette, elle descendit toute triomphante.

Il n'y avait encore auprès de Mme Lucien que la baronne, qui examinait avec plus de souci que d'admiration le luxe princier déployé par sa belle-fille pour une petite soirée d'amis. On recevait ainsi deux fois la semaine. Mme Delcourt, en bonne ménagère, calculait ce que pouvaient coûter ces réceptions et la tenue d'une maison montée sur un grand pied, comme elle l'avait remarqué. Il ne lui avait pas fallu longtemps pour voir que, Mme Lucien ne s'occupant d'aucun détail, le gaspillage des valets devait être fort onéreux ; et comme elle savait fort bien que les plus grandes fortunes fondent entre les mains de qui ne sait pas les gouverner, elle se promettait de conseiller à sa belle-fille, en temps opportun, un peu plus d'économie et de vigilance.

En entrant dans le salon, Clotilde resta éblouie de l'aspect féerique qu'il présentait. Alice sourit, en l'interrogeant du regard.

— Que veux-tu ? dit Clotilde. La somptueuse décoration d'un palais des *Mille et une Nuits* me

surprendrait moins que cette profusion de fleurs à
la saison où nous sommes.

— Il n'y a pas d'hiver à Paris, répondit Alice.

Elle aurait pu ajouter : Pour les riches. Car
dans ces magnifiques vases de Chine, dans ces
corbeilles, dans ces jardinières qui de tous côtés
charmaient le regard et enivraient l'odorat, il y
avait de quoi faire vivre pendant un mois plus de
dix pauvres ménages.

— Comment nous trouves-tu? demanda Alice à
sa mère, en lui présentant sa cousine.

— Ces robes sont d'une simplicité charmante,
dit Mme Lucien; mais tu as mal choisi ta coiffure :
cette nuance ponceau ne te sied pas.

— Non, mais elle va si bien à Clotilde ! répondit
Alice.

— Petite sotte ! murmura la jeune femme, pendant que la baronne charmée embrassait l'aimable
enfant.

Elle venait de reconnaître, à ces paroles, sa
chère Alice; car il y a beaucoup de générosité,
presque de l'héroïsme, dans une telle action, si
puérile qu'elle puisse paraître, quand elle est faite

par une jeune fille coquette et avide de plaire comme l'était Mlle Delcourt.

Clotilde en fut touchée et ne tarda pas à le lui prouver.

La soirée commençait ordinairement par la musique. On avait écouté en bâillant et pourtant applaudi quelques-unes des immortelles pages de Rossini, de Meyerbeer, de Beethoven, plus ou moins mal rendues par des mains inhabiles, quand Alice, cédant aux sollicitations des invités de sa mère, prit, à son tour, place au piano. Elle toucha avec une supériorité remarquable sur ses amies, un délicieux morceau que Clotilde lui avait indiqué et qu'elle avait complaisamment répété plusieurs fois devant elle; aussi les applaudissements furent sincères. Pourtant on attendait mieux encore. Alice ayant parlé de sa cousine comme d'une excellente musicienne, Clotilde fut priée de se faire entendre. Elle eût bien voulu qu'on l'oubliât; mais elle s'assit auprès d'Alice, et choisit un duo que son amie connaissait fort bien et n'avait pu toucher encore devant personne, Eugénie refusant de se charger de la basse, qu'elle trouvait insignifiante.

Le duo fut écouté avec un véritable plaisir, chose bien rare dans un salon, où presque toujours la politesse fait tous les frais de l'admiration, et, ainsi que Clotilde le désirait, les honneurs de la soirée restèrent à sa bien-aimée Alice. Un serrement de main la remercia, sa cousine sachant avec quel tendre soin elle l'avait soutenue, avec quelle habileté elle avait couvert les quelques fautes qui lui étaient échappées.

Alice avait fait à l'amitié le sacrifice de sa beauté, Clotilde celui de son talent : elles étaient quittes.

VII.

Goûts caractéristiques de Clotilde et d'Alice.

Le duo entendu, Mme Germont prit place au piano, et des quadrilles se formèrent. Une partie des invités passèrent dans le salon de jeu, et ceux auxquels leur âge ou leurs goûts faisaient préférer le plaisir de la conversation aux joies de la danse ou aux émotions du tapis vert, se retirèrent dans une troisième salle aussi splendidement ornée que les deux autres.

La baronne et Clotilde profitèrent de ce mou-

vement pour rentrer chez elles, la soirée devant
se prolonger fort avant dans la nuit et se terminer
par un souper. Alice, qui aimait la danse avec
passion, les accompagna jusqu'à leur appartement
et revint au moment où l'on commençait à s'étonner de son absence.

Clotilde avait été présentée aux jeunes personnes
qui composaient la société d'Alice et en particulier
aux demoiselles Dubreuil. Sans qu'elle pût s'en
rendre compte, Eugénie lui déplut, et il lui fut
facile de s'apercevoir qu'elle produisait le même
effet sur l'intime amie d'Alice. Eugénie, qui tenait
par-dessus tout à briller, se voyait, avec un secret
dépit, éclipsée par Clotilde, et celle-ci ne trouvait
dans cette jeune fille hautaine et prétentieuse rien
qui pût justifier l'affection de sa cousine. Elle n'é-
prouvait non plus aucune sympathie pour Mme Germont : ce n'était pas ainsi qu'elle se représentait
le mentor d'Alice ; elle sentait que jamais cette
personne ne lui eût inspiré ni respect ni confiance,
et, la comparant à son aïeule si digne, si vénérable,
si bonne, elle remercia Dieu de lui avoir donné un
tel guide, et se promit de suivre ses avis plus exac-
tement encore qu'elle ne l'avait fait jusque-là.

Elle s'endormit en se rappelant tous les soins dont cette tendre mère l'avait entourée et en plaignant Alice de ne les avoir pas reçus.

Pendant ce temps, Alice dansait, et elle ne pouvait comprendre comment un tel plaisir était sans attrait pour Clotilde.

Mme Lucien, qui entendait à merveille ses devoirs de maîtresse de maison, allait d'un groupe à l'autre, veillant à ce que personne ne fût isolé, ramenant partout l'entrain et la gaîté, n'épargnant rien pour que chacun fût enchanté de son esprit et de son amabilité.

Après ces réceptions, qui n'étaient assurément pas des fêtes pour elles, elle avait à payer les notes énormes de ses fournisseurs, elle était brisée de fatigue, ennuyée à mourir de l'esclavage qu'elle s'était imposé, elle maudissait le monde et disait tout haut que son seul désir était d'aller vivre en paix au fond d'une campagne; mais la semaine suivante elle recommençait, uniquement pour jouir de l'orgueilleuse satisfaction d'entendre dire : « Personne ne reçoit mieux que Mme Lucien. »

Clotilde avait vu Paris cinq ans auparavant; mais

elle l'avait vu en enfant beaucoup plus soucieuse
des riches jouets, des délicieuses fantaisies étalées
derrière les glaces des magasins, que des monu-
ments qu'il renferme, et de tout ce bruit, ce mouvement, ce chaos intelligent qui font de Paris une
ville unique.

Il fut convenu que, jusqu'à ce qu'elle demandât
grâce, on lui ferait voir chaque jour, à chaque
instant, quelque chose de nouveau, et un domestique qui avait été au service de Lucien fut mis
aux ordres de la baronne.

Alice et Clotilde sortaient avec les deux dames
ou avec leur aïeule seulement. Elles rentraient
fatiguées, et l'on ne parlait ni de bal ni de spectacle, ce dont la baronne était enchantée. Les
principes religieux qu'elle avait gravés dans le
cœur de Clotilde, la sérieuse éducation qu'elle lui
avait donnée, empêchaient la jeune fille de désirer
ces plaisirs.

— Je suis venue pour te voir, dit-elle un jour à
Alice, qui lui proposait d'assister à une grande
soirée donnée par une dame de sa société; et tout
le temps que tu ne me donnes pas me semble un
vol fait à mon bonheur.

4.

Alice n'était pas tout à fait de cet avis : il lui fallait déjà les bruits du monde, l'éclat des fêtes, l'encens des éloges, tandis que sa cousine, restée simple et naïve, ne voyait rien au delà d'une caresse de son aïeule et trouvait des distractions mille fois préférables à celles que vantait Alice, dans une douce causerie, dans la contemplation d'une fleur, le chant d'un oiseau, le bourdonnement d'un insecte. D'ailleurs elle savait si bien s'occuper qu'il n'y avait pas dans ses journées un instant pour l'ennui.

Quand ses courses en ville étaient terminées, elle dessinait, brodait, faisait de la musique et trouvait beaucoup plus agréable d'employer son talent à récréer sa bonne grand'mère qu'à en faire parade devant des envieux ou des indifférents.

Pendant toute une semaine, et certes c'est le plus bel éloge que nous puissions faire de son amabilité, Alice ne parut pas trop s'apercevoir du changement survenu dans ses habitudes, et quand elle apprit que la baronne s'opposait à ce que Mme Lucien suspendît ses réunions, le léger nuage qui obscurcissait son front se dissipa complétement.

Mais cette soirée, sur laquelle Alice comptait pour se dédommager de la vie monotone qu'elle menait depuis l'arrivée de son aïeule, ne fut pas brillante. Il ne devait pas y avoir de souper ce soir-là. C'était une concession faite par Mme Lucien aux goûts paisibles de la baronne. Aussi, au grand désappointement de Mlle Delcourt, un grand nombre des habitués, préférant à une soirée qui devait bourgeoisement finir à minuit par des gâteaux et une tasse de thé, quelque autre passetemps, s'excusèrent sous divers prétextes, et quelques joueurs intrépides, quelques tout jeunes gens accompagnant leurs mères et leurs sœurs, se rendirent seuls à l'invitation de Mme Lucien.

Le lendemain, Alice fut maussade, et tous les efforts de Clotilde ne parvinrent pas à lui rendre sa bonne humeur. Pourtant, depuis qu'elle veillait moins, ses joues reprenaient leur éclat d'autrefois, et le cercle creusé au-dessous de ses yeux par ces fatigues prématurées commençait à s'effacer.

La baronne le fit remarquer à Mme Lucien, et, doutant de l'effet que pourraient produire sur la jeune femme les considérations morales, elle l'engagea, dans l'intérêt de la santé de cette chère enfant, à sacrifier un peu moins aux exigences du monde. Mme Lucien sourit : ne fallait-il pas qu'Alice s'habituât de bonne heure à supporter ce genre de fatigue, puisque sa fortune l'obligerait à tenir un jour sa maison bien autrement qu'elle-même ne la tenait?

— Mais cette fortune, demanda l'aïeule, vous cherchez donc à l'accroître?

— Sans doute, répondit Mme Lucien. J'ai engagé mes fonds dans une affaire qui ne rapportera pas moins de vingt-cinq pour cent cette année et de cinquante l'année prochaine.

La baronne pâlit. Si sa belle-fille se laissait séduire par la manie des spéculations, l'avenir d'Alice se trouvait beaucoup plus sérieusement compromis qu'elle ne l'avait craint d'abord. Elle le dit à la jeune femme; mais celle-ci lui répondit que les plus riches banquiers de Paris recherchaient pour leurs capitaux ce placement aussi sûr qu'avantageux, et qu'elle se garderait bien de renoncer, par une crainte futile, aux magnifiques bénéfices qui lui étaient promis.

Cette petite discussion, quelque mesure qu'y eût

apportée la baronne, indisposa Mme Lucien, qui trouvait fort mauvais qu'on se permît de contrôler ses actions, la fortune qu'elle risquait ainsi étant la sienne propre et non celle de son mari. Mme Delcourt le vit. Son premier mouvement fut d'annoncer son départ; mais par amour pour Alice, elle voulut attendre encore, espérant trouver quelque moyen de lui être utile.

Plus que jamais elle désirait pouvoir l'emmener, sans toutefois oser y compter encore. Mme Lucien avait confié à Alice l'entretien qu'elle avait eu avec la baronne, et, bien injuste envers sa belle-mère, elle avait ajouté :

— Sans doute ton aïeule souffre de penser que tu seras dix fois plus riche que Clotilde....

Alice avait protesté contre cette interprétation; mais, malgré elle, son affection pour Clotilde s'en ressentit. D'ailleurs, nous l'avons dit, ce qui faisait le bonheur de sa cousine ne lui suffisait plus, et elle commençait à trouver bien monotones les plaisirs que lui procurait le séjour de son aïeule à Paris.

Les goûts des deux jeunes filles étaient si différents, que parfois Alice se surprenait à regretter la conversation d'Eugénie, ses petites médisances, qui la faisaient rire, ses dissertations savantes sur la coupe d'un vêtement ou le choix d'un chapeau.

Alice en rougissait; car elle avait assez d'esprit pour juger à leur valeur sa cousine et sa compagne; au fond du cœur elle rendait justice aux charmantes qualités de Clotilde. La joie qu'elle avait témoignée en la revoyant n'avait eu rien que de sincère; elle avait éprouvé, lors de leurs premiers entretiens, des émotions délicieuses; mais quelque effort qu'elle pût faire, Clotilde remarqua bientôt qu'elle lui répondait souvent d'un air distrait et contraint. D'abord, l'aimable enfant n'en fit que rire et l'en railla doucement; puis elle s'en affligea, et, s'accusant de n'être pas aimable, elle s'étudia plus que jamais à plaire à sa sœur chérie, à prévenir ses moindres désirs. Alice en fut touchée; mais l'ennui est un ennemi bien difficile à désarmer, et Alice s'ennuyait : les deux cousines s'aimaient toujours, elles ne se comprenaient plus.

L'époque fixée pour le départ arriva enfin. Alice s'excusa de ne pas reconduire son aïeule. Le moment de le lui proposer était mal choisi : l'hiver, saison des plaisirs pour le riche, s'annonçait de la manière la plus brillante, et Mme Lucien avait reçu pour elle et pour sa fille de nombreuses invitations. Au lieu de ces fêtes qu'elle aimait tant, Alice n'avait, si elle se décidait à accompagner la baronne, que la perspective peu séduisante de longues journées de quasi-solitude au milieu d'une campagne dépouillée de tous ses charmes.

— J'irai vous voir au printemps, bonne maman, dit-elle, et je resterai au moins trois mois avec vous. Alors Belmont, que j'ai tant aimé, sera bien plus beau qu'aujourd'hui, et, en courant sur sa verte pelouse, en me promenant avec ma bien-aimée Clotilde sous ses marronniers fleuris, je me croirai revenue aux jours heureux que j'y ai passés.

VIII.

Mme Lucien et Alice à Belmont. — Retour à Paris.

Les premiers rayons du soleil de mai souriaient aux prés reverdis et y faisaient éclore ces charmantes petites fleurs également chères à l'enfant qui les moissonne et au poëte qui les admire ; les lilas secouaient dans l'air leurs grappes embaumées, et dans les haies d'aubépine les oiseaux cachaient leurs nids, quand Alice arriva à Belmont.

Elle y fut accueillie avec d'autant plus de joie

qu'on avait moins compté sur sa promesse. Mme Lucien l'accompagnait, et c'était elle qui avait pressé la jeune fille de tenir la parole engagée à Mme Delcourt.

Depuis le voyage de sa belle-mère à Paris, Mme Lucien avait beaucoup réfléchi : elle n'avait pu voir Clotilde sans remarquer son bon caractère, sa raison précoce, sa douce gaîté, la simplicité de ses goûts, la modestie qui répandait sur toute sa personne un charme indéfinissable; elle avait été frappée des tendres soins, des délicates attentions dont elle entourait son aïeule, de ces mille riens dans lesquels se lisaient tout le respect et tout l'amour que lui avait inspirés la baronne. Tant que l'aimable enfant avait été près d'elle, la jalousie qu'éprouvait Mme Lucien avait été plus forte que tout autre sentiment; mais après le départ de Clotilde, elle lui avait rendu pleine justice et elle s'était dit qu'elle serait bien heureuse, si son Alice ressemblait à sa cousine.

Elle commençait à reconnaître la vérité de ce que lui avait jadis écrit la baronne : « Ne fermez point les yeux sur les défauts d'Alice, qui, fort légers aujourd'hui, pourraient devenir graves, et

soyez sûre que quand la raison aura mûri l'esprit
fin et droit de notre chère enfant, elle vous saura
gré de l'avoir élevée moins pour votre satisfaction
personnelle que dans son propre intérêt. »

Elle n'avait voulu contraindre Alice en rien ;
ses moindres caprices étaient devenus des ordres ;
ses petites colères, ses accès de mauvaise humeur
avaient été tolérés ; ses réponses d'enfant gâtée, regardées et applaudies comme des saillies
fort spirituelles ; mais Alice avait grandi, elle avait
pris l'habitude d'imposer sa volonté à tout le
monde en commençant par sa mère ; et vouloir
y résister, c'était amener des scènes après lesquelles la victoire lui restait toujours.

Elle aimait Mme Lucien ; mais dans cette tendresse il n'y avait rien de la vénération, de la
sainte confiance que Clotilde éprouvait pour son
aïeule A qui la faute ? la jeune femme le savait ;
mais l'eût-elle ignoré, qu'Alice se fût chargée de
le lui apprendre. Un jour qu'elle lui disait, avec
un peu d'amertume :

— Pourquoi donc n'es-tu pas raisonnable
comme ta cousine ?

— Parce que je n'ai pas été élevée comme elle, répondit Alice.

C'est quelque chose que de reconnaître ses torts, mais ce n'est pas assez ; il faut les réparer. Malheureusement Mme Lucien n'avait aucune fermeté dans le caractère ; elle avait pris l'habitude d'obéir à Alice, comme Alice celle de lui commander. Au lieu de travailler courageusement à réparer le mal qu'elle avait fait à sa fille, elle se disait : — Il est trop tard, et son repentir avait pour unique résultat d'aigrir Alice par des reproches ou des plaintes.

Eugénie, qui reçut la confidence des ennuis de son amie, rit de ce qu'elle appelait ironiquement la conversion de Mme Lucien, et chercha quels en pouvaient être les motifs. Mlle Dubreuil, plus âgée qu'Alice, avait pris sur elle beaucoup d'ascendant. C'était depuis leur liaison que notre étourdie avait perdu sa naïveté et avait pris le goût des plaisirs.

Eugénie n'avait pas l'excellent cœur de sa compagne : non-seulement elle aimait à railler, mais souvent elle interprétait avec une malice qu'on n'eût pu supposer dans une jeune fille la conduite ou les démarches d'autrui.

— Sais-tu, dit-elle à Alice, après l'avoir écoutée, pourquoi ta mère t'engage à moins te montrer dans le monde? Moi, je le devine. Tu deviens très-jolie, ma chère amie, ceci soit dit sans le moindre compliment, et Mme Lucien commence à s'apercevoir que chaque jour te donne un peu de la beauté qu'il lui enlève. Comprends-tu?

Alice rejeta de toutes ses forces cette odieuse interprétation. Mais le roi Louis XI avait raison de dire : « Calomniez, calomniez, il en reste toujours quelque chose. » Quoi que pût faire Alice pour l'éloigner, l'idée que sa mère craignait qu'elle ne l'éclipsât vint plus d'une fois se représenter à son esprit et rendre inutiles les avis de Mme Lucien.

L'hiver s'écoula pour la jeune fille beaucoup moins gaîment qu'elle ne l'avait supposé, et, bien que peu de monde partît encore pour la campagne, elle quitta volontiers Paris, dès que sa mère le lui proposa.

En revoyant le doux nid de son enfance, elle éprouva plus de joie et d'émotions encore qu'elle n'en avait ressenti quelques mois auparavant en retrouvant Clotilde. Les belles années qu'elle avait passées auprès de son aïeule étaient là vivantes devant elle, et chaque pas qu'elle faisait, chaque objet qui frappait ses regards lui rappelaient un doux souvenir.

— Ah! que tu as bien fait de ne jamais quitter Belmont! dit-elle à Clotilde; c'est là qu'est le bonheur!....

— Pourquoi n'y resterais-tu pas? voulait lui répondre Clotilde; mais elle se tut, pensant qu'il valait mieux rendre le séjour si agréable à Alice qu'elle ne voulût plus s'en éloigner.

Il serait difficile de dire tout ce qu'elle eut pour sa cousine d'aimables prévenances, quelle ingénieuse coquetterie elle déploya pour lui faire oublier Paris. Elle y réussit presque, et chaque jour Alice trouvait plus de charmes dans cette belle et gracieuse nature qui l'entourait; elle comparait le bruit, l'agitation, les soucis que le monde nomme plaisirs au bien-être qui s'emparait doucement de son cœur quand elle essayait de lire quelqu'une des sublimes pages de ce livre ouvert à l'ignorant comme au savant, et dont chaque ligne est un hymne à la gloire du Créateur.

La baronne et Clotilde, qui remarquaient ce

changement, s'en réjouissaient et commençaient à espérer qu'Alice leur serait rendue, quand deux lettres arrivées de Paris, l'une à l'adresse de Mme Lucien, l'autre à celle de sa fille, vinrent détruire cet espoir.

Voici ce qu'Eugénie écrivait à Alice :

« Je me marie dans quinze jours, chère amie, et je veux que tu sois la première instruite de mon bonheur. Je dis mon bonheur, parce qu'il y a longtemps que j'aspire à la liberté qui m'est enfin promise, et que, si léger que pût te paraître le joug qui pesait sur moi, je le supportais impatiemment. Je n'ai pas encore vu mon prétendu, mais il est fort riche ; mon père, qui a sa fortune entre les mains, en peut répondre. J'aurai un superbe hôtel, des diamants, des valets, et sur les panneaux de ma voiture des armoiries et une couronne de comtesse. Tout cela me ravit. Accours bien vite, chère Alice, pour m'aider de tes conseils dans les emplettes que j'ai à faire ; je t'attendrai jusqu'à dimanche avant de rien décider.

« A toi pour toujours,

« Eugénie DUBREUIL. »

Personne ne sut ce que contenait la missive apportée à Mme Lucien; mais dès qu'elle l'eut parcourue, elle annonça qu'elle allait partir, en laissant toutefois à Alice la liberté de rester encore auprès de son aïeule. Alice n'avait garde d'y consentir; l'annonce du mariage d'Eugénie avait bouleversé toutes ses idées, elle brûlait de savoir comment cette brillante affaire s'était conclue, et, dès le lendemain, les deux dames dirent adieu à la baronne et à Clotilde, désolées d'un si prompt départ.

Ce qui rappelait Mme Lucien à Paris, c'était une lettre de son agent de change qui lui annonçait une perte de quatre cent mille francs sur les actions de cette magnifique entreprise qui devait, on se le rappelle, rapporter cinquante pour cent; et, comme on ne savait si la baisse s'arrêterait là, il désirait être fixé sur ce qu'il aurait à faire.

Mme Lucien reconnaissait une fois encore la sagesse des avis de sa belle-mère, mais, ne voulant point le lui avouer, elle prétexta la maladie d'une amie qui témoignait un ardent désir de la voir.

Clotilde avait lu la lettre d'Eugénie; mais elle l'avait lue sans y rien comprendre : son âme déli-

cate et fière, son esprit, que rien encore n'avait
faussé, se révoltait également en voyant de quelle
manière cette jeune fille envisageait le changement prêt à s'accomplir dans sa destinée. Pour un
hôtel, des diamants et un titre, Eugénie allait se
vendre; elle osait l'avouer, et Alice ne rougissait
pas de la nommer son amie : voilà ce que Clotilde
ne pouvait s'expliquer. Elle avait si peu vu la société au milieu de laquelle sa cousine avait grandi,
qu'elle ignorait, elle, simple fille de la nature,
qu'au temps où nous vivons, ce qu'il faut avant
tout, c'est être riche, que tout y est coté comme
marchandise, et que vertu, sagesse, esprit, talents,
beauté, tout ce qu'il y a de grand et de séduisant
s'efface devant le pouvoir de l'or.

Elle vit avec un étonnement mêlé de douleur
qu'Alice, loin d'être indignée de ce marché, comme
elle l'était elle-même, enviait le sort de sa compagne, et cette première révélation des idées du
siècle lui expliqua pourquoi elle se sentait mal à
l'aise au milieu du monde et se trouvait si bien
dans sa chère solitude.

Eugénie devint la comtesse de Nerville et put
réaliser tous ses rêves d'ambition et de plaisir. Le

comte était vieux, malade, presque idiot, et ne s'occupait de rien autre chose que de deux magnifiques épagneuls, ses compagnons et ses meilleurs amis.

L'hôtel de Nerville, si longtemps silencieux et désert, s'anima. Eugénie en fit un palais de fée, et bientôt on ne parla plus dans le cercle où elle vivait que de l'éclat de ses fêtes et du luxe de sa maison. Les gens sages haussèrent les épaules, les autres, et de ce nombre fut Mme Lucien, jaloux de se voir éclipsés, entreprirent de lutter avec la jeune comtesse d'élégance et de prodigalité.

IX.

M. Armand Duchâtel. — Mariage d'Alice.

A son arrivée à Paris, Mᵐᵉ Lucien avait trouvé
la perte beaucoup moins grande que son agent ne
le lui avait annoncé; les actions, après avoir subi
une baisse effrayante, commençaient à se relever,
et quelques jours plus tard elles étaient remontées
au pair. On lui conseillait de vendre, elle n'en
voulut rien faire; ces fluctuations de la bourse
avaient pour elle l'attrait d'une émotion toujours
nouvelle, et une fois encore les bons conseils de
la baronne furent oubliés.

Alice et Clotilde Chap. 9.

Je hais la tyrannie monsieur, et je vous le prouverai.
Conduisez-moi à cette soirée ou j'irai seule.

Une somme considérable lui étant arrivée d'Amérique, elle lui donna la même destination et se berça de l'espoir de posséder un jour, bientôt peut-être, une des plus magnifiques fortunes de Paris.

Ces capitaux, provenant de la succession de son aïeul, lui furent remis par un jeune homme qui revenait de la Jamaïque.

Ce jeune homme se nommait Armand Duchâtel. Il avait vingt-six ans. Orphelin, sans fortune, placé par un de ses oncles au collége Louis-le-Grand, il avait compris de bonne heure la nécessité du travail, et toujours il avait été cité parmi les meilleurs élèves. Admis à l'École polytechnique, il s'y était fait tellement distinguer, qu'on l'avait désigné pour faire partie d'une expédition scientifique en Orient. De là, on l'avait envoyé en Amérique, et, par une suite de circonstances qu'il serait trop long de raconter, l'intendant de Mme Lucien lui avait sauvé la vie. Prêt à revenir en France, il s'était chargé volontiers d'apporter à la jeune veuve, avec la somme dont nous avons parlé, l'assurance du dévouement de son fidèle serviteur.

Armand était homme de mérite; il venait d'être

créé intendant des musées royaux. Mme Lucien se fit un plaisir de lui ouvrir ses salons, et bientôt il en fut l'un des hôtes les plus assidus. Trois mois après son retour en France, il demanda la main d'Alice et l'obtint. Sa position lui permettait de prétendre à la gloire et à la fortune ; d'ailleurs, Alice était assez riche pour ne pas tenir à ce que son mari le fût, et, depuis qu'elle avait vu à quel prix la comtesse de Nerville avait acheté son titre et son opulence, elle s'était promis de ne pas faire, comme elle, un mariage d'argent.

Un travail assidu, un amour ardent pour l'étude avaient préservé Armand des écarts dans lesquels donne trop souvent la jeunesse oisive. Sa conduite était exemplaire, son caractère des plus honorables, et Alice n'aurait pu mieux choisir. Avouons toutefois qu'elle avait moins considéré les bonnes qualités d'Armand qu'écouté ce désir de liberté qu'Eugénie avait fait naître en elle. D'un autre côté, l'esprit, la gaîté d'Alice, sa franchise, jointes à ses qualités extérieures, avaient séduit Armand. Il savait bien qu'elle était ce qu'on est convenu d'appeler une enfant gâtée ; mais elle était si jeune, — dix-sept ans à peine, — qu'il se flattait de remédier sans effort à ce que son éducation pouvait avoir eu de défectueux.

Ce n'était pas le compte d'Alice, qui, maîtresse absolue chez sa mère, avait rêvé une liberté plus complète encore, et s'était mariée pour réaliser ce rêve.

Tout alla bien d'abord : Armand cédait à ses caprices avec un véritable plaisir; il prévenait ses moindres désirs, ses plus folles fantaisies, ne doutant pas que bientôt la raison ne vînt conseiller Alice et lui épargner à lui-même le rôle peu agréable de mari grondeur. La jeune femme était enchantée et ne se lassait pas de faire l'éloge d'Armand. Jamais elle n'avait été si heureuse : les concerts, les spectacles, les bals, les parties de plaisir se succédaient sans interruption; c'était un tourbillon par lequel Alice se laissait entraîner avec ivresse. Les riches parures avaient remplacé ses fraîches toilettes de jeune fille; longtemps privée par le bon goût, règle sévère qu'elle eût craint d'enfreindre, de déployer le luxe qu'elle aimait, elle s'en dédommageait amplement, et Eugénie, que jusque-là personne n'avait encore éclipsée, sentait sa royauté sérieusement menacée.

Armand, qui appréciait à sa valeur ce faste étourdissant, crut devoir hasarder quelques réflexions. Il parla de sa position peu brillante encore et engagea Alice à attendre, pour se placer au premier rang, qu'elle pût raisonnablement ne pas craindre d'en descendre. C'était la première fois qu'il donnait un conseil à sa femme, et il le donnait avec tant de douceur et d'affection, qu'elle promit de s'en souvenir. Pendant quelques semaines, en effet, Armand put remarquer la réserve qu'elle apportait à ses dépenses, et il s'en réjouit comme d'un gage donné au bonheur de leur union.

Eugénie, malade alors, était partie pour la terre de Nerville; elle revint, et les bonnes résolutions d'Alice s'évanouirent. Armand les lui rappela, mais la jeune femme l'écouta à peine et ne tint nul compte de ses recommandations. Armand revint à la charge; elle lui dit qu'il était ridicule qu'un homme se mêlât des détails de sa maison et de la toilette de sa femme. Elle le dit sans aigreur et tout en riant, mais M. Duchâtel comprit que de là à des scènes excessivement désagréables, il n'y avait qu'un pas, et il n'eut pas de peine à deviner que s'il n'y mettait bon ordre, Eugénie exercerait sur son ménage la plus grande influence.

Homme d'étude et de réflexion, Armand avait fait trêve à ses plus chères occupations pour ne point priver Alice des plaisirs qu'elle paraissait tant aimer ; il espérait qu'après en avoir joui pendant quelque temps, elle reviendrait d'elle-même à des habitudes plus sédentaires. Ce changement se faisant attendre, et les travaux dont il était chargé ne souffrant plus de retard, il dit à Alice qu'il ne pourrait, de huit jours au moins, l'accompagner dans le monde. Elle en parut peinée, mais elle convint qu'il fallait s'imposer une privation devenue nécessaire, et le nuage qui obscurcissait son front se dissipa à la grande satisfaction de son mari.

Armand s'enferma dans son cabinet. C'était pour lui un véritable bonheur de se retrouver en tête à tête avec ses livres, les seuls amis qu'il eût connus jusqu'à son mariage, de se remettre à l'étude qui lui avait fait passer de si douces heures ; pourtant il ne s'y livra qu'à demi, et à plusieurs reprises il quitta son travail pour que sa chère Alice ne s'ennuyât pas trop.

Alice n'y songeait guère : elle avait, de son côté,

des occupations assez graves pour que les heures
ne lui parussent pas trop longues. Dès le matin,
elle avait présidé un conseil dans lequel sa femme
de chambre, son coiffeur, sa couturière et sa fleu-
riste avaient été admis à donner leur avis, et le
reste de la journée devait être rempli par l'exécu-
tion des décrets rendus séance tenante. Aussi Armand la trouva-t-il affairée et joyeuse chaque fois
qu'il vint la surprendre.

Cette gaîté l'enchantait : il avait craint la maus-
saderie de la jeune femme, ses plaintes, ses reproches peut-être, et jamais il ne l'avait vue de
plus charmante humeur : c'était pour Armand
plus qu'une joie, c'était une espérance.

Il redoubla d'ardeur au travail, soutenu par le
désir d'abréger la privation qu'il imposait à Alice;
et quand le soir vint, content de sa journée, il
chercha sa femme pour lui dire que le dimanche
suivant, — on était au mercredi, — il serait tout à
sa disposition.

— Madame est à sa toilette, lui fut-il répondu,
mais dans un instant elle ira rejoindre monsieur.

Armand sourit. Quoique Alice ne dût point sor-

tir, elle n'avait pas voulu renoncer au plaisir de se
faire belle. Il rentra chez lui; et, sans perdre un
instant, il se remit à écrire. La porte de son cabinet était restée entr'ouverte, Alice entra sans qu'il
l'entendît.

— Comment me trouves-tu, mon ami ? lui dit-
elle.

Armand leva les yeux et les fixa sur elle avec
l'expression d'une profonde surprise. Alice était
prête à partir pour le bal; et l'on ne pouvait imaginer rien de plus riche et de plus gracieux que sa
toilette.

— Qu'as-tu donc à me regarder ainsi, mon
ami ? dit-elle. Suis-je mal habillée, ou m'aurait-on
coiffée de travers ?

— Tu es charmante, Alice; mais je me demande
pourquoi cette parure. Est-ce que tu sors ?

— Sans doute. Je ne suis pas intendant des
musées royaux, moi; je ne suis pas un illustre savant chargé d'un rapport sur les antiquités rappor-
tées de Babylone. A chacun sa part, mon ami : à
toi la gloire, à moi le plaisir.

— Mais, ma chère enfant, il me semble incon-
venant que tu songes à sortir seule.

5.

— Qui vous parle de cela, cher mentor ?

— Mme Lucien est souffrante, et, puisque ni ta mère ni ton mari ne peuvent t'accompagner....

— Il faut que je reste ?

— Tu sais, Alice, que je ne t'ai encore rien refusé, et tu peux croire qu'il m'en coûte de te priver d'une fête.

— Je le crois, Armand; aussi j'ai agi en conséquence : Mme de Nerville m'attend, et c'est avec elle que je dois aller chez la marquise de Lucenay, son intime amie.

— Mais Mme de Nerville est une jeune femme comme toi, Alice, elle ne peut te servir de chaperon. Et puisque l'occasion se présente de te dire toute ma pensée, je désire que tu vois cette dame le moins possible.

— Ah !... fit Alice.

Mais dans cette seule exclamation il y avait tout un défi jeté à l'autorité d'Armand.

— Assieds-toi un instant, chère amie, et parlons raison. Je connais fort peu Mme de Nerville ; je ne puis, par conséquent, me permettre de la juger ; mais tu as l'esprit trop droit, mon Alice, pour ne pas blâmer, comme moi, la conduite de ton amie.

Ou Mlle Dubreuil a épousé le comte de Nerville pour devenir riche, ou elle a obéi à quelque sentiment honorable. Dans le premier cas, elle a prouvé bien peu de noblesse d'âme, car rien n'est plus vil que de se vendre ; dans le second, en enchaînant son sort à celui d'un infirme, elle a dû se résigner à vivre de sa vie ; et abandonner le pauvre vieillard à des soins étrangers, rechercher des plaisirs qu'il ne peut partager, c'est, dans mon opinion et dans celle de tous les gens de cœur, oublier ses devoirs les plus sacrés.

— Vous êtes peut-être bien sévère, Armand ; mais quand vous ne seriez que juste, je ne vois pas en quoi cela me regarderait.

— Tu es trop jeune encore, chère Alice, et ton cœur est trop bon pour soupçonner le mal. Mais crois-moi, mon amie, si je te prie de t'éloigner de la comtesse, ce n'est pas sans un motif sérieux. Une femme n'a rien de plus précieux que sa réputation, et celle de Mme de Nerville est compromise.

— Mais encore une fois, fit Alice en frappant le parquet du pied, je vous demande en quoi cela me regarde.

— As-tu donc oublié le proverbe : « Dis-moi qui tu hantes, je te dirai qui tu es, » Si tu ne te le rappelles plus, d'autres s'en souviennent, et ton nom ne saurait se trouver longtemps impunément joint à celui de Mme de Nerville.

— Ainsi vous me conseillez de rompre avec ma plus ancienne, avec ma meilleure amie ?

— Je ne croyais pas que la comtesse eût jamais reçu de toi un tel titre.

— Clotilde n'est pas auprès de moi, répondit Alice toute frémissante d'impatience. Mais il ne s'agit pas d'elle, Monsieur; donc répondez-moi. Vous me conseillez de rompre avec la comtesse de Nerville?

— Oui, ma chère Alice; je fais plus que de te le conseiller, je t'en prie.

— Et si je ne cédais point à cette prière, que feriez-vous?

— Tu y céderas, mon Alice; car avec un peu de réflexion, tu comprendras que j'ai raison de te l'adresser.

— Mais enfin si je m'y refusais ?

— Je me rappellerais que le soin de ton honneur m'est confié....

— Et que vous êtes mon maître ?

— Pourquoi parler ainsi, Alice ? Tu sais bien que je ne suis, que je ne puis être que ton ami.

— Et, usant de vos droits, continua Alice, sans paraître l'entendre, vous me défendriez de revoir Eugénie ?

— Jamais tu ne m'amèneras à d'aussi fâcheuses extrémités.

— Et si vous vous trompiez, si je vous y amenais ?...

— Je remplirais mon devoir, bien à regret sans doute, mais je le remplirais.

— Eh bien ! Monsieur, commencez dès ce soir. Mme de Nerville m'attend, je vais la trouver.

— Alice, ma chère enfant, calmez-vous et écoutez-moi. Je fais appel à toute votre raison, Alice, à toute votre affection, s'il le faut; mais je vous en conjure, faites de bonne grâce le sacrifice que je vous demande.

— Dites que vous m'imposez, Monsieur. Un savant comme vous ne doit jamais employer que l'expression propre.

A cette raillerie, Armand sentit la patience près de lui échapper. Il se rapprocha de sa table de tra-

vail et feuilleta quelques papiers pour se donner
une contenance. Alice, après lui avoir jeté un regard plein de dédain, fit un pas vers le cordon de la
sonnette qu'elle agita vivement. Un domestique
parut.

— A-t-on attelé ? demanda-t-elle.

— Oui, Madame.

— Faites dételer, Pierre, dit, du ton le plus naturel, Armand, qui avait eu le temps de reprendre
son sang-froid. Madame se trouve un peu indisposée
et ne veut pas sortir ce soir.

Alice allait répliquer ; mais un regard d'Armand
lui demanda si elle voulait mettre ses gens dans la
confidence de ses querelles de ménage, et lui donna
la force de se contraindre.

— Pardonnez-moi, chère Alice, ce que je viens
d'être obligée de faire, dit Armand , et soyez sûre
qu'un jour vous m'en remercierez.

— Moi, vous remercier !... Je hais la tyrannie,
Monsieur, et je vous le prouverai.

Alice sortit en disant ces mots et courut s'enfermer dans son appartement. Il était temps qu'elle
y arrivât. Elle se jeta en sanglotant sur un canapé
et se releva bientôt en proie à un accès de colère

dont Armand eût été effrayé. Elle déchira les den-
telles de sa robe, foula aux pieds les perles de sa
coiffure, et se meurtrit les bras en voulant en arracher ses bracelets. Enfin d'abondantes larmes la
soulagèrent : Alice se trouvait la plus malheureuse
des femmes.

X.

M. de Granville se retire à Belmont auprès de sa belle-mère. — Sa mort.

Quand la baronne s'était chargée de l'éducation de Clotilde, il avait été convenu que, cette éducation terminée, la jeune fille reviendrait prendre chez son père la place qui lui appartenait. Quelle que fût la tendresse de Mme Delcourt pour sa petite-fille, il y avait en elle trop de générosité pour qu'elle voulût priver M. de Granville d'un bien dont il souhaitait la possession avec autant d'ardeur que de justice, et le jour même où Clotilde eut accompli sa dix-septième année, époque fixée pour la séparation, la baronne partit avec elle pour Nancy.

Clotilde dit adieu à Belmont sans qu'une larme vînt mouiller ses yeux, et quand elle vit pleurer Mariette, elle lui dit tout bas quelques mots qui ramenèrent aussitôt le sourire sur les lèvres de la gentille enfant. Mme Delcourt seule paraissait triste, et elle admirait le courage de Clotilde sans pouvoir le partager.

M. de Granville attendait sans doute sa fille, car il ne parut nullement étonné en voyant entrer la baronne et Clotilde. La jeune fille courut joyeusement dans ses bras. Mme Delcourt, debout sur le seuil, la regardait avec surprise et ne pouvait s'expliquer l'indifférence avec laquelle son enfant bien-aimée se disposait à la quitter. M. de Granville s'arracha aux caresses de Clotilde pour faire asseoir la baronne, dont il remarquait la pâleur.

— Je vous rends le dépôt que vous m'avez confié, mon fils, lui dit-elle avec une émotion mal contenue. Je n'ai rien négligé pour que Clotilde, en vous rappelant sa mère, vous console néanmoins de l'avoir perdue. Pendant dix ans, elle a fait toute ma joie, et c'est à moi de vous remercier de me l'avoir donnée. Mais si vous croyez me devoir quelque chose, rendez-la heureuse, c'est mon unique prière. Et toi, Clotilde, ma fille chérie, adieu !

La baronne, suffoquée par les sanglots, voulait s'éloigner; Clotilde se jeta à ses pieds.

— Pardon, oh ! pardon, ma mère, s'écria-t-elle. Vous pleurez, et d'un mot j'aurais pu calmer votre douleur. Ma mère, je ne vous quitterai jamais !

— Clotilde dit la vérité, reprit M. de Granville. Jamais je ne la séparerai de vous, à qui elle doit plus que la vie. Elle a besoin, comme lorsqu'elle était enfant, de vos conseils et de votre tendresse, et à moins que vous ne vouliez l'abandonner....

— Comment ! Il serait possible ! Vous me la laisseriez ! Ah ! j'aurais dû le deviner.

— Sans doute, grand'maman, et c'est mal à vous d'avoir pu me supposer assez ingrate pour vous quitter sans regret.

— Mais tu savais donc ?...

— Je savais ce que vous savez maintenant, bonne maman, c'est-à-dire que mon père ne m'é- loignerait jamais de vous. Quant au reste....

— C'est à notre mère d'en décider, dit M. de Granville. Veut-elle se fixer auprès de moi, ou aime-t-elle mieux que ce soit moi qui aille m'établir auprès d'elle ?

M. de Granville exposa alors à la baronne l'état de ses affaires. Avocat intègre et désintéressé, défendant avec orgueil la cause du pauvre, pourvu qu'elle fût juste, ne mettant jamais son talent au service des passions d'autrui et ne voulant rien faire contre sa conscience, il n'avait pas fait fortune comme beaucoup de ceux qui avaient débuté en même temps que lui : il ne possédait en propre que cinquante mille francs, le reste provenant de la dot de sa femme, qui devait être un jour celle de Clotilde. C'était peu ; mais c'était assez pour qu'il pût goûter dans une modeste retraite le repos que sa santé affaiblie par les veilles et les travaux semblaient réclamer. Pourtant il ne demandait pas mieux que de continuer pendant quelques années encore sa laborieuse tâche, si Mme Delcourt lui en donnait le conseil ; car il ne désirait rien tant que d'augmenter le bien-être de sa fille.

— Venez avec nous, répondit la baronne. Il y a tout près de Belmont, à demi cachée sous l'ombre de nos acacias, une charmante petite maison, qui précisément est à louer. Je ne vous offre pas de partager la mienne; vous ne l'accepteriez pas; car j'ai deux enfants. Vous avez assez travaillé. Une fortune plus modeste que la vôtre suffirait à Clotilde, je la connais, et je vous en réponds.

— Merci, ma bonne mère, dit Clotilde, en portant à ses lèvres les mains de la baronne. Je le lui avais assuré, et il ne voulait pas me croire ; mais il vous croira, vous, n'est-ce pas, mon père ? Oh ! combien nous allons être heureux !

Huit jours après, M. de Granville était installé dans sa nouvelle demeure avec une seule domestique, ses livres chéris et sa fille. Clotilde ne s'était pas trompée : il était bien heureux ! Ses douces caresses, ses tendres soins, la société de Mme Delcourt, le charme d'une vie paisible étaient autant de biens inconnus dont il jouissait avec délices.

Une année s'écoula sans que le moindre nuage fût venu obscurcir son beau ciel, une année de bonheur! Combien d'hommes meurent sans en avoir goûté autant ! La santé de M. de Granville, qui avait paru se fortifier, s'altéra tout à coup, et bien-

tôt il ne fut plus possible de se faire illusion : sa
poitrine était attaquée.

Il le comprit et se résigna. Les espérances du
chrétien vinrent adoucir sa douleur. Il avait toujours respecté la religion, regardé l'Évangile
comme le code de morale le plus complet et le plus
sublime qui eût pu être donné à l'humanité ; mais
élevé à l'école de cette philosophie qui veut tout
analyser, tout soumettre à sa faible raison, il avait
cru remplir tous ses devoirs en restant honnête
homme dans toute la rigoureuse acception du
mot.

Depuis que, retiré des affaires, il vivait auprès
de la baronne et de Clotilde, ses idées s'étaient
modifiées. Il s'était demandé à quelle source
Mme Delcourt avait pu puiser le courage, la patience,
le dévouement dont toute sa vie elle avait donné
des preuves ; il le devina. La baronne était à tous
égards une femme supérieure ; ce qu'elle croyait
méritait d'être examiné. Il étudia avec un ardent
désir d'arriver à la vérité, et il crut.

Dès lors il s'expliqua le malaise de la société
actuelle, la sourde agitation qui la consume, l'ambition qui la ronge, les crimes qui la désolent. A

l'homme juste et malheureux la religion promet une magnifique récompense, elle lui dit que plus il aura souffert ici-bas, plus sa gloire et sa joie seront grandes là-haut. Il fallait lui laisser cet espoir, qui était à la fois pour lui une consolation et un frein ; on le lui a ôté, que veut-on qu'il fasse ?

M. de Granville, en retrouvant au fond de son cœur la foi qui devait adoucir pour lui l'heure suprême des adieux, bénit le ciel de la lui avoir rendue, et remercia la baronne d'avoir appris de bonne heure à sa fille que la religion nous aide à vivre sans reproches et à mourir sans peur.

Il languit pendant quelques mois, sans se plaindre de ses souffrances, sans murmurer contre l'arrêt qui le condamnait. Quand le printemps vint pour la seconde fois embellir sa retraite, il assista, comme à une dernière fête, au réveil de la nature, et s'endormit après avoir légué de nouveau sa Clotilde à l'amour de la baronne.

XI.

M. le colonel de Brussan. — René, son fils. — Mariage
de Clotilde.

Parmi les voisins que la maladie de M. de
Granville avait amenés souvent à Belmont, se
trouvait un ancien compagnon d'armes du général Delcourt. Le colonel de Brussan professait
pour la baronne une vénération profonde, et,
depuis qu'il avait pu apprécier les qualités de
Clotilde, il la plaçait, malgré sa jeunesse, presque
aussi haut dans son estime que Mme Delcourt.

C'était un de ces hommes excellents que chacun

chérirait, s'ils ne semblaient prendre à tâche de
détruire par les défauts de leur caractère le charme
produit par la bonté de leur cœur. Personne
plus que lui n'était sensible au récit d'une infortune et empressé de porter secours aux malheureux; personne ne rendait plus complète justice
aux qualités de ceux qui l'entouraient; mais aussi
personne n'était d'humeur aussi capricieuse et
plus fantasque. Un jour il était gai, aimable,
plein d'indulgence et de bonhomie; le lendemain, maussade, grondeur, exigeant et animé de
je ne sais quelle haine contre le genre humain
tout entier.

On attribuait ce caractère insociable au chagrin
qu'avait ressenti M. de Brussan, jeune encore,
en 1814, quand il avait vu sa carrière militaire
brisée sans retour. Il s'était retiré alors en Pro-
vence, son pays natal, et y avait passé près de
dix ans dans un continuel accès de misanthropie.

Marié alors à une jeune fille aimable et bonne,
il avait recouvré sa sérénité d'esprit et oublié
ses rêves ambitieux. Mais après une trop courte
union, Mme de Brussan était morte, en lui don-

nant un fils, et ce nouveau chagrin, le plus cruel
qu'eût encore éprouvé le colonel, avait failli lui
coûter la vie. On craignit même pour sa raison;
car le désir de ne pas survivre à la perte qu'il
venait de faire menaçait de devenir une idée fixe.

Son fils pourtant le rattacha à la vie; et comme
le temps est un souverain remède à toutes nos
douleurs, le colonel, sans oublier sa femme, se
consola peu à peu; mais n'ayant plus auprès de
lui la douce compagne qui savait d'un mot apaiser
ses colères et faire taire ses ressentiments, il cessa
de se contraindre, et son inégalité d'humeur, ses
brusqueries, ses caprices bizarres éloignèrent insensiblement de lui ses parents et ses amis.

M. de Brussan, qui avait eu pour précepteur un
très-savant abbé et qui avait profité de ses soins,
voulut se charger de l'éducation de son fils.

D'un caractère doux, aimant, timide, René ne
désirait rien tant que de contenter son père; un
mot de satisfaction de sa part le ravissait, et l'eût
rendu capable des sacrifices qui coûtent le plus à
l'enfance. Par malheur, M. de Brussan ne sut pas
tirer parti de ces heureuses dispositions. Trop peu
maître de lui-même pour rester constamment

6

juste et bon, il passait d'une indulgence extrême
à une sévérité excessive, excusant ou blâmant la
même action, parce qu'il la jugeait d'après la disposition de son esprit; il n'obtint de son élève ni
le respect qu'inspire l'impartialité, ni la confiance
que commande la bonté.

Les études de René en souffrirent peu; car il
aimait le travail et apprenait avec une étonnante
facilité; mais n'ayant pas trouvé dans son père un
ami dont la douce et persuasive tendresse pût, à
défaut de celle d'une mère, l'attacher au foyer, il
le quitta à dix-huit ans, pour chercher le bonheur
que son ardente imagination rêvait et dont son
cœur était avide.

Partageant l'illusion commune à beaucoup de
jeunes gens, il prit le plaisir pour le bonheur,
l'ombre pour la réalité, et, entraîné par les conseils de ces amis dont la jeunesse riche et ignorante de la vie se voit bientôt entouré, il voulut
tout voir, tout connaître, boire à la coupe de toutes
les voluptés. A son grand étonnement, il n'y trouva
qu'amertume et dégoût, et le sentier qu'il avait
cru si facile lui parut hérissé d'épines; mais il
continua d'avancer, espérant parvenir à saisir

enfin le fantôme qui toujours avait fui devant lui.

Quand, brisé de fatigue, le cœur blasé, il jeta un regard sur ses belles années jetées au vent des passions, quand il se vit, à vingt-cinq ans à peine, sans une douce croyance, sans une sainte affection, sans un espoir, il eut honte de lui et peur de l'avenir. Que pouvait, en effet, lui garder l'avenir? Il avait joui de tout, et rien n'avait pu combler ce besoin d'être heureux dont son âme était tourmentée. Il avait eu tout en partage : jeunesse, fortune, esprit, talents; sa jeunesse s'était flétrie, sa fortune évanouie, son esprit couvert de ténèbres, ses talents perdus. Ce que n'avaient pu lui procurer tant de précieux avantages, pouvait-il l'attendre maintenant qu'ils lui manquaient tous ? C'eût été folie.

Tel fut, du moins, le langage de René. Il y avait pourtant un raisonnement plus simple à tenir : puisque le bonheur n'était point où René avait cru le voir, il fallait qu'il le cherchât ailleurs. Mais il en coûte à l'orgueil de l'homme d'avouer qu'il s'est trompé; il aime mieux maudire son sort et se regarder ici-bas comme le jouet d'une inexorable fatalité. Et il ne voit pas que son orgueil

n'est que lâcheté, qu'il nie le bien parce que,
pour le chercher, il lui faudrait rompre avec des
habitudes dont il est l'esclave ; parce que, pour
remonter la pente sur laquelle il a glissé, il lui
faudrait faire de longs et patients efforts; parce
que, pour qu'un rayon salutaire ranime et ré-
chauffe son cœur, il lui faudrait en arracher les
racines que le vice y a jetées.

Le courage moral est une vertu qui, comme
toutes les autres, s'altère au souffle des passions.
René l'avait perdu, mais il s'en croyait riche encore, parce qu'il pouvait sans frémir envisager le
terme fatal où devait aboutir la voie dans laquelle
il s'était engagé.

Son père l'avait plusieurs fois, mais en vain,
invité à venir passer quelque temps auprès de lui;
René craignait trop l'examen auquel le colonel le
soumettrait, pour s'y exposer; et choisir M. de
Brussan pour confident de ses erreurs et de ses
chagrins, c'était provoquer des emportements que
René n'avait nulle envie d'affronter. Il s'excusa
donc tantôt sous un prétexte, tantôt sous un
autre, et ne quitta point Paris. Mais un jour il
reçut une lettre plus pressante que les premières :

le colonel l'avait écrite sans doute dans un de ses
jours de misanthropie, car il se représentait
comme abandonné de l'univers entier, se plaignait
amèrement de l'ingratitude des hommes, de celle
de son fils en particulier, et le menaçait de sa ma-
lédiction, s'il n'obéissait à l'ordre qu'il lui intimait
pour la dernière fois, de venir passer quelques
semaines sous le toit paternel.

René, moitié par crainte, moitié par affection,
se décida enfin, et, un an après la mort de M. de
Granville, il arriva chez M. de Brussan. Le colonel
le reçut à bras ouverts : ce fils ingrat qu'il avait
menacé de maudire était son seul amour, son
trésor le plus cher, l'unique préoccupation de sa
vie. Il ne lui adressa pas un reproche, il était si
heureux !

René fut touché de cet accueil ; il sentit que
tout n'était pas mort en lui ; il donna des larmes
à sa mère, qu'il n'avait jamais vue. Il lui semblait
que si cette douce providence eût pu veiller sur
son berceau, guider ses premiers pas, lui parler,
entre deux baisers, de vertu et d'honneur, elle
lui eût fait chérir ses devoirs. Il lui semblait que,
si elle vivait encore, il irait se jeter à ses pieds,

qu'il lui ouvrirait son cœur et recevrait avec son pardon et ses avis la force d'embrasser une vie nouvelle.

Ce n'était pas sans motif que M. de Brussan avait eu recours à une menace solennelle pour ramener son fils auprès de lui. Dès que René avait atteint sa majorité, il avait, nouvel enfant prodigue, dit au colonel : « Mon père, donnez-moi ce qui m'appartient. » La fortune de sa mère lui avait été remise, et en quelques années il en avait dissipé jusqu'à la dernière obole.

René fit des dettes que le colonel paya, mais en l'engageant à ne plus compter désormais sur lui. René se le tint pour dit, et, à défaut d'autres ressources, il escompta son avenir. Les demandes d'argent ne se renouvelant pas, le colonel crut que ses remontrances avaient porté leur fruit, et ce ne fut qu'en apprenant que René continuait à donner le ton à la jeunesse dorée qu'il soupçonna une partie de la vérité. Il résolut de l'arracher à l'abîme vers lequel le malheureux courait en aveugle, si toutefois il en était temps encore.

Dès le lendemain de l'arrivée de René, il voulut avoir avec lui un entretien sérieux. La circon-

stance était grave, le colonel le sentit et se disposa
à tout entendre sans rebuter son fils par une sévérité désormais inutile. René souffrait trop pour ne
pas être communicatif : il déroula devant son père
l'histoire de ses déceptions ; il avoua ses folles pro-
digalités, ne fit point mystère de sa ruine, peignit
le désenchantement, le dégoût de la vie qu'avait
laissés en lui l'abus du plaisir ; mais lorsqu'il s'agit
de dire qu'il avait, comptant sur la mort prochaine de son père, commencé de dévorer son
héritage, le cœur lui manqua, et il arrêta là sa
confession si franchement commencée.

— Ainsi, dit le colonel, il ne te reste rien de la
fortune de ta mère ?

— Rien absolument.

— Et tu as peut-être encore quelques dettes ?

— Une vingtaine de mille francs.

— C'est beaucoup, mais n'importe, je les
paierai....

— Mon père....

— Attends donc la fin : je les paierai ; j'en sa-
crifierai autant encore, s'il le faut, à te créer une
position honorable, pourvu que tu t'engages à
changer de conduite, et qu'à l'avenir je trouve en

toi un fils respectueux et soumis. Je ne te ferai pas
de reproches; car si tu t'es égaré, la faute en est
à moi d'abord : je ne devais pas te laisser sans
guide, sans soutien au milieu des dangers semés
sous tes pas. Ne parlons donc plus du passé, songeons à l'avenir. J'ai résolu de te marier.

— Me marier, mon père?...

— Mon pardon est à ce prix.

Depuis que M. de Brussan avait pu apprécier les
charmantes qualités de Clotilde, son rêve était de
la donner pour femme à son fils. Il y avait bien
dans ce désir un peu d'égoïsme; le vieillard songeait bien à tout ce que la présence de cette jeune
fille amènerait de bonheur sous son toit, mais il
songeait surtout à donner à René une compagne
dont il croyait les douces vertus capables d'exercer
sur lui une salutaire influence.

Mme Delcourt commençait à vieillir, et elle ne
songeait pas sans effroi que le jour où il plairait à
Dieu de la rappeler à lui, sa Clotilde bien-aimée
resterait ici-bas sans famille et sans appui. M. de
Brussan, à titre d'ancien ami, avait même reçu
la confidence de ces craintes qui, depuis la mort
de M. de Granville, venaient attrister la baronne.

Au même titre, il obtint la permission de présenter à Belmont son fils, que Mme Delcourt avait connu enfant et qu'elle avait aimé pour sa douceur, sa franchise, et surtout pour l'isolement dans lequel l'avait placé la mort de sa mère.

Tous les souvenirs de la baronne étaient favorables au jeune homme; elle l'accueillit avec bienveillance, et, quand le colonel, allant droit au but, lui fit part des projets qu'il caressait, elle ne demanda que le temps de s'assurer des chances de bonheur que cette union pourrait offrir à sa chère Clotilde. Tous les renseignements recueillis furent favorables à René : il avait su éviter le scandale, et si quelqu'un dans le pays connaissait toute la vérité, ce dont il est presque impossible de douter, personne du moins ne la révéla. La baronne n'eut qu'une objection sérieuse à faire, c'est que René n'avait pas de position. M. de Brussan était riche; mais l'eût-il été beaucoup plus, que Mme Delcourt eût voulu pour son gendre une occupation, une carrière quelconque. Elle regardait le travail comme nécessaire; elle eût préféré pour sa fille chérie une médiocrité laborieuse à une fortune oisive.

6.

Le colonel trouva réponse à tout : René avait fait son droit, et, puisque Mme Delcourt y tenait, rien ne l'empêchait de prendre rang parmi les avocats de la province. On conserverait ainsi près de soi les deux jeunes gens, c'était le vœu du colonel et de la baronne. Comme ils craignaient l'un et l'autre de ne pas vivre assez pour voir enfin le sort de leurs enfants, il fut convenu qu'après le mariage seulement, René s'occuperait de ses débuts au palais.

René, qui d'abord avait témoigné une extrême répugnance à obéir à son père, n'avait pu voir Clotilde sans changer d'avis. Cependant il était triste, inquiet, préoccupé : c'est qu'il répugnait à sa loyauté de devenir l'époux d'une jeune fille qui le croyait riche ; lui dont ses folies avaient sérieusement compromis l'avenir. Mais, comme tous les hommes faibles, il rémit de telle sorte l'aveu qu'il s'était juré de faire à sa fiancée, que la veille du jour fixé pour le mariage, il n'avait pas encore parlé. Il n'y avait plus à reculer : en quelques mots, il dit à Clotilde ce que son père lui-même ignorait. Pleine de confiance en la baronne et heureuse de mettre fin aux inquiétudes que lui inspirait sa maternelle tendresse, la jeune fille avait consenti à épouser René, et elle était trop désintéressée pour que ce qu'elle venait d'apprendre pût influer sur sa résolution.

— Si vous êtes moins riche, vous travaillerez davantage, répondit-elle à René, et nous n'en serons pas moins heureux.

Travailler! Ce mot effarouchait bien un peu René; mais comme il n'avait été question du barreau de Nancy qu'entre la baronne et le colonel, il se dit qu'il avait le temps de songer à la manière dont il pourrait regagner sa fortune perdue, et le mariage se fit.

XII.

Les époux Duchâtel et de Brussan au sein de leur ménage.

Revenons à Alice. Le lendemain de la scène que nous avons racontée, elle écrivit à Eugénie pour lui confier ses chagrins et lui demander les moyens de ne point se laisser asservir par le tyran auquel elle avait sacrifié sa vie. La réponse de la comtesse ne se fit pas attendre, et Alice résolut de suivre ponctuellement les conseils que cette réponse renfermait.

Elle n'avait jamais beaucoup aimé Eugénie;

leur liaison était de celles que forme l'habitude et
n'excluait ni les petites jalousies , ni les railleries,
ni la médisance; Alice eût pu la rompre sans que
son cœur en souffrît; mais il suffisait que son mari
lui en fît un devoir pour que cette liaison lui parût
plus précieuse que jamais. C'était la première fois
qu'Alice rencontrait à sa volonté un obstacle sérieux, et la résistance calme et froide d'Armand
l'avait exaspérée. Mais trop vive et trop capricieuse
pour qu'une rancune , si légitime qu'elle la crût,
pût vivre longtemps en elle , elle eût bientôt oublié
cet incident et pris le parti de se soumettre au
désir de son mari, si Eugénie ne se fût empressée de
compatir à ses peines et d'aigrir ses ressentiments.

Eugénie, qui n'avait envisagé dans son union
avec le comte de Nerville que la fortune dont elle
allait jouir, avait bientôt reconnu la vanité de ses
rêves ambitieux, et, recevant à diverses reprises
la confidence du bonheur d'Alice, elle avait éprouvé
un dépit profond, une jalousie amère. De là au
désir de détruire l'harmonie qui régnait dans ce
jeune ménage, il n'y avait qu'un pas, et il n'avait
pas fallu longtemps à Eugénie pour le franchir;
aussi en saisit-elle avec joie l'occasion.

Après le départ d'Alice, Armand se repentit presque de sa fermeté, non qu'il regrettât d'avoir brusqué une rupture qu'il regardait comme nécessaire, mais parce qu'il sentait combien il devait avoir affligé sa jeune femme. D'ailleurs, c'était le premier orage qui eût éclaté dans leur ciel, et il souffrait de n'avoir pu le retarder encore.

De grand matin il se présenta chez Alice; on lui répondit qu'après une nuit très-agitée, madame reposait et avait défendu qu'on l'éveillât.

Deux heures après, Alice entra dans son cabinet. Elle était pâle, ses yeux étaient gonflés par les larmes et l'insomnie, mais ils exprimaient une résolution dont Armand fut surpris. Il alla au-devant d'elle et lui tendit la main. Elle ne parut pas s'en apercevoir.

— Je vous dérange, Monsieur, lui dit-elle, recevez-en mes excuses. Je ne vous importunerai pas longtemps.

— Vous, me déranger ! Alice, vous, m'importuner !...

— Écoutez-moi, je vous prie, un instant, Monsieur. Après ce qui s'est passé hier entre nous, vous comprenez qu'il est impossible que nous vivions

sous le même toit ; je vais retourner chez ma mère ;
j'ai voulu vous instruire moi-même de cette détermination, et je vous crois trop ennemi du scandale
pour craindre que vous ne vouliez vous y oppo-
ser.

— Alice, ne parlez pas ainsi, je vous en prie ;
c'est un enfantillage, je le sais, mais on ne doit
pas jouer avec des choses aussi graves.

— Ai-je donc l'air d'une enfant qui joue ? demanda Alice. Croyez, Monsieur, que rien n'est
plus sérieux que la résolution que j'ai prise et
que je vous prie de ne point chercher à com-
battre.

Armand avait compté sur un peu de bouderie,
sur quelques reproches qu'il apaiserait par le don
d'un bijou nouveau ou la promesse d'une partie de
plaisir; sa surprise fut extrême. Recourir à un
éclat, contraindre, au nom de la loi, sa femme à ne
pas le quitter, était une extrémité à laquelle il ne
pouvait songer; laisser partir Alice, qu'il aimait et
qui peut-être l'aurait bientôt oublié; consentir à
une séparation pour un motif aussi futile, était
presque aussi impossible.

Armand s'efforça de le faire comprendre à Alice ;

il lui peignit les résultats fâcheux d'une telle conduite, lui rappela la paix et le bonheur qu'ils
avaient goûtés jusque-là, lui demanda si elle voulait sacrifier son avenir à une légère rancune, lui
parla de ses devoirs; elle ne voulut rien entendre.

— Je n'ai pas été habituée à avoir un maître,
lui répondit-elle; depuis hier, je regrette la maison
de ma mère et je veux y rentrer.

Armand était désolé. Des remontrances il passa
à la prière; Alice resta inflexible. Elle voulait que
son mari avouât ce qu'elle appelait ses torts et
qu'il lui promît pour l'avenir une entière liberté.
Cet aveu coûtait à Armand, qui croyait avoir usé
de ses droits avec beaucoup de modération, mais
il le fit, et Alice, sûre de ne rencontrer désormais
à ses volontés aucun obstacle sérieux, consentit à
lui pardonner.

Armand, pour pallier sa défaite à ses propres
yeux, se dit qu'en faisant tout pour empêcher le
funeste effet d'une séparation, il n'avait cédé qu'à
la voix de la raison, et se flattait de la faire bientôt
entendre à Alice à force de persuasion et de douceur. Mais Armand comptait sans les conseils d'Eu-

génie. Alice s'en était trouvée trop bien pour ne pas continuer de les suivre. Pourtant, contente de l'avantage qu'elle avait remporté, elle voulut bien promettre à son mari de ne voir que de loin en loin la comtesse de Nerville : c'était une privation qui lui coûtait peu et lui assurait tous les bénéfices de la générosité.

La paix, rétablie dans le jeune ménage, paraissait ne devoir être plus troublée : Alice, plus brillante que jamais, ne manquait pas une occasion de se produire, et tout Paris citait sa maison comme une merveille de luxe, d'élégance et de bon goût.

Pour être remarquée à Paris, où des fortunes s'engloutissent chaque jour, il fallait que Mme Duchâtel dépensât beaucoup plus que ses revenus. Son mari chercha à lui faire comprendre combien cette conduite était aveugle; elle promit de s'en souvenir, mais elle ne changea rien à sa manière d'agir, et en moins d'un an la moitié de sa dot fut dissipée. Armand parla plus haut : une prompte ruine menaçait Alice, et il n'avait pas une fortune à lui offrir pour remplacer celle qu'elle dissipait si follement. Alice s'obstina à courir les yeux fermés

vers l'abîme qu'il lui signalait. Armand comprit
qu'il avait été trop faible; il entreprit de lutter, ce
fut en vain. Les scènes se succédèrent plus pénibles
et plus violentes de jour en jour, et sa maison
devint un enfer.

Duchâtel était un savant, un rêveur, un de ces
hommes qui trouvent leur bonheur dans la solitude
et le travail; ces querelles de ménage lui étaient
essentiellement antipathiques; en face d'un danger,
il eût montré un courage à toute épreuve, et il
avait peur d'une discussion avec Alice.

Après avoir fait, il le crut du moins, tout ce
qu'il était possible de faire pour l'engager à réfor-
mer sa dépense, à surveiller ses domestiques, à
chercher, en femme soigneuse et modeste, à employer utilement ses loisirs, il y renonça et se prit
à envisager sans effroi le moment où la nécessité
forcerait Alice à suivre les avis dont elle se riait.

— Tant que je vivrai, disait-il, elle n'aura pas
à craindre la misère, et je ne crois pas que, réduits
à mes seuls appointements, nous puissions être
plus à plaindre que nous ne le sommes.

Armand était à plaindre, en effet. Pour ne point
abandonner Alice à tous les dangers qui menacent

une jeune femme isolée au milieu du monde, il la suivait partout où il lui plaisait de le conduire, et il portait au sein des fêtes les plus brillantes un ennui profond qu'il était obligé de voiler sous un aimable sourire. Il ne pouvait que rarement donner une heure à ses études bien-aimées, et il sentait que l'avenir promis à ses talents s'éloignait chaque jour.

Il aimait encore Alice; pourtant il lui arrivait parfois de regretter de n'avoir point uni son sort à celui d'une jeune fille pauvre et sage, qui eût considéré sa modeste aisance comme une fortune; qui, voyant travailler son mari, eût veillé à ce que le fruit de ce travail repandît dans sa maison le bien-être et la joie; qui, fière de lui, l'eût encouragé, en lui montrant la gloire, à marcher vers ce noble but; qui, enfin, trouvant le bonheur à son foyer, n'eût donné au monde que ce qu'auraient exigé d'elle les convenances, et, ce devoir rempli, se fût hâtée de se dérober à ses bruits, à ses agitations, à ses caresses hypocrites.

Peu à peu cette pensée devint familière à Armand, et elle finit par s'emparer de son esprit. Plus l'esclavage qui lui était imposé lui pesait, plus la médiocrité devenait son rêve favori.

Dès lors, au lieu de chercher à conjurer la ruine dont il était menacé, il s'efforça de la hâter. Il se lança dans le tourbillon où il n'avait fait encore que se laisser entraîner; il eut ou plutôt il se persuada qu'il avait la passion des chevaux; ses jockeys disputèrent le prix dans les courses, il risqua en paris des sommes énormes, joua, tint table ouverte et combla de présents Alice, qui, tout étonnée du changement survenu dans les goûts de ce mentor importun, ne savait si elle devait s'en affliger ou s'en réjouir.

Les choses en étaient là quand Mme Duchâtel reçut la nouvelle du mariage de Clotilde, qui la priait instamment d'y assister. Par un singulier hasard, le colonel de Brussan était l'oncle d'Armand, et René, son meilleur ami. Alice et Clotilde allaient être deux fois cousines. L'amitié n'avait pas encore perdu tous ses droits sur le cœur d'Alice; d'ailleurs quelques semaines de séjour à la campagne lui semblaient une heureuse diversion à la vie qu'elle menait, vie qui, sans qu'elle voulût se l'avouer, commençait à lui peser. Elle engagea donc Armand à céder à l'invitation de M. de Brussan, et tous deux partirent pour Belmont. Ce fut un moment de bonheur pour la baronne que celui où elle put réunir dans ses bras Alice et Clotilde, puis Armand et René, leurs époux.

Quant au colonel, il ne se possédait pas de joie; après René et Clotilde, ce qu'il aimait le mieux au monde, c'était Armand, le pauvre orphelin qu'il avait recueilli et qui avait si bien profité des soins qu'il lui avait fait donner. Il allait de l'un à l'autre, embrassant son fils, son neveu, serrant à les briser les mains d'Alice et regardant Clotilde avec une admiration et une tendresse qui se traduisaient par des larmes. Il avait oublié toutes ses récriminations contre le passé, toute sa haine pour l'injustice et la perfidie des hommes; il eût voulu pouvoir étreindre le genre humain tout entier dans un fraternel embrassement.

Le mariage se célébra sans faste; mais les pauvres ne furent pas oubliés, et bien des vœux s'élevèrent au ciel pour la félicité de la bonne demoiselle.

Mme Delcourt s'était flattée de garder Alice auprès d'elle pendant une partie de la belle saison; Armand, qui se sentait revivre au milieu de cette riante nature, eût voulu y rester toujours; mais un

mois ne s'était pas encore écoulé depuis son arrivée, que la jeune femme voulut retourner à
Paris.

René et Clotilde s'étaient installés provisoire-
ment auprès du colonel; ils vinrent, après le
départ d'Alice et d'Armand, les remplacer à Belmont.

M. de Brussan y passait presque toutes ses journées. On ne remarquait plus en lui aucune inégalité d'humeur; sans être meilleur que par le passé,
il avait l'affabilité et la douceur qui donnent tant de
charme à la bonté; il ne se souvenait pas d'avoir
jamais été plus heureux; Clotilde, selon son
expression, l'avait ensorcelé.

L'homme n'est pas parfait, et, si dévoué qu'il
soit, il a grand'peine à se défendre d'un peu d'é-
goïsme; aussi le colonel, oubliant les arrangements
pris avec Mme Delcourt, avant le mariage de son
fils, ne le pressait point de s'éloigner. De son
côté, la baronne craignait de troubler la douce paix
qui régnait autour d'elle et donnait un consente-
ment tacite à l'ajournement des projets faits par
M. de Brussan.

Clotilde, en femme raisonnable et courageuse,

comprit la première que cette position ne pouvait durer, et que moins René tarderait à se mettre au travail, moins le travail lui serait pénible. Seule instruite de ses embarras pécuniaires et ne voulant pas troubler la confiante sécurité de son aïeule, encore moins attirer sur son mari la colère du colonel, elle n'avait de conseils à obtenir de personne; mais, élevée dans des principes d'ordre et d'économie, elle sentit que la première chose que René eût à faire, c'était de s'acquitter envers ses créanciers. Elle l'autorisa à disposer de sa dot et le pressa de se rendre le plus tôt possible compte de sa position.

René avait épuisé sans compter le crédit que lui avait ouvert la race maudite des usuriers; peu lui importait l'effrayante promptitude avec laquelle se creuse sous leurs mains le gouffre de la dette; pourvu qu'il eût de l'or, il vivait sans songer au lendemain. Il est même à croire que si cette ressource n'eût pas été sur le point de lui manquer, René eût différé de se rendre au vœu de son père, qui l'appelait auprès de lui.

Cédant à la prière de Clotilde, il résolut de régler enfin avec son passé, de dresser l'inventaire

de ses folies et de jeter tout ce qu'il pourrait à l'u-
sure qui menaçait de le dévorer. Un voyage à Paris
lui parut nécessaire; il voulut que sa jeune femme
l'y accompagnât; c'était aussi le désir de Clotilde,
qui le voyait s'éloigner avec un inexprimable serrement de cœur; mais la baronne était souffrante,
elle resta.

XIII.

Derniers moments de la baronne. — Sa mort. — Position
critique de René. — Belmont est vendu.

L'indisposition de Mme Delcourt prit, en quelques
jours, un caractère des plus alarmants. Clotilde
s'assit à son chevet et lui prodigua ces soins que la
piété filiale sait rendre si touchants et si doux. En
proie à une cruelle inquiétude, à une douleur profonde, elle conservait, pour ne point effrayer son
aïeule, le sourire de ses heureuses années; mais la

7

baronne ne se fit pas longtemps illusion sur son état, et demanda elle-même les secours de la religion.

La mort n'a rien d'affreux pour quiconque a bien vécu, et la baronne, dont toute la vie n'avait été qu'un long acte de résignation et de dévouement , devait attendre avec sérénité sa dernière heure.

— Tu n'as plus besoin de moi, chère enfant, disait-elle à Clotilde, c'est pourquoi Dieu me rappelle.

Et Clotilde, en l'entendant parler ainsi, ne savait si elle devait lui révéler les tristes pressentiments qui l'agitaient ou la laisser dans l'erreur qui devait lui rendre la mort moins pénible. C'était la première fois qu'elle avait un secret pour sa seconde mère, ce secret l'étouffait comme un remords; pourtant elle le garda, et rien ne vint inquiéter la malade sur le sort de sa fille bien-aimée.

Alice seule la préoccupait : elle eût voulu la revoir, lui adresser ces recommandations que la mort rend sacrées; elle la fit prévenir de son état; mais malade elle-même d'un froid gagné à la sortie d'un bal, la jeune femme ne put se rendre à son appel.

La baronne, d'ailleurs, s'affaiblit si rapidement, qu'à part cet obstacle, il eût été difficile à Alice d'arriver assez tôt pour recueillir son dernier soupir. Huit jours après le départ de René, par une magnifique soirée, elle se fit porter sur son perron, pour voir encore une fois le soleil disparaître derrière la verdure embaumée de son parc.

— Que Dieu est grand et qu'il est bon! dit-elle, interrompant une méditation que la douleur de Clotilde n'osait troubler. Je vous rends grâce, mon Dieu, des heures de paix que vous m'avez données et du calme que vous répandez sur mes derniers instants. Clotilde, ajouta-t-elle après un long silence, pendant lequel on eût dit que le Créateur, qu'elle venait d'invoquer, soulevait pour elle l'avenir. Clotilde, Dieu est le consolateur tout-puissant : aime, pardonne et dévoue-toi; sois l'ange gardien d'Alice, que je bénis, comme toi, du fond de mon cœur.

L'aïeule s'inclina vers sa fille agenouillée devant elle; ses lèvres déposèrent sur le front de la jeune femme un dernier baiser, et sa tête retomba sur l'épaule de Clotilde. Elle était morte!

Clotilde apprit cette triste nouvelle à René, en le priant de hâter son retour : elle avait besoin de répandre ses pleurs dans le sein de celui qui désormais était son seul appui. M. de Brussan écrivit aussi à son fils pour lui recommander de ramener Armand, afin que les affaires de la succession de la baronne fussent terminées promptement et sans l'intermédiaire des gens de loi. Il voulait en épargner tous les pénibles détails à Clotilde et il ne doutait pas que son neveu ne se prêtât aux arrangements qu'il croirait devoir proposer.

Toute la fortune de la baronne se réduisait à sa petite propriété de Belmont; la révolution l'avait ruinée, on se le rappelle. Elle avait partagé entre Hortense et Lucien ce que lui avait laissé son mari, ne se réservant que la pension qui lui était allouée en qualité de veuve du général Delcourt. Elle en avait modestement vécu, mettant chaque année de côté une faible somme qu'elle voulait ajouter à la dot de ses petites-filles; le reste avait été la part des pauvres.

Les deux cousins se firent peu attendre. Clotilde avait espéré qu'Alice les accompagnerait; mais, quoique hors de danger, Mme Duchâtel était trop souffrante encore pour entreprendre ce voyage. Bientôt une inquiétude vint se joindre à cette déception : René était sombre et contraint; on eût dit qu'au lieu de la joie qu'il devait éprouver en revoyant sa femme, il ne ressentait que de la souffrance.

Clotilde l'interrogea avec une tendre sollicitude.

— Quoi que vous puissiez avoir à m'apprendre, osez-le, mon ami, lui dit-elle; je suis forte, et, pourvu que vous m'aimiez, il n'est rien que je ne puisse supporter.

Pour toute réponse, René tira quelques papiers de son portefeuille et les lui remit. Elle pâlit en les parcourant; mais, surmontant aussitôt son émotion, elle tendit la main à son mari, qui attendait avec anxiété son premier regard, sa première parole.

— Le mal est plus grand que je ne le croyais et que vous ne le croyiez vous-même, mon ami, lui dit-elle, mais il n'est pas sans remède. Vous donnerez à vos créanciers tout ce dont nous pourrons disposer; ils prendront patience pour le reste, et si votre patrimoine ne peut suffire à les désintéresser, nous y ajouterons le fruit de notre travail;

car il faut, avant tout, que votre honneur soit
sauf.

René s'était attendu à des pleurs, à des reproches peut-être ; en voyant Clotilde si forte et si
résignée en face du malheur, il eut plus que jamais
honte de son passé et se prit à maudire sa folle
jeunesse.

— Ce ne sont pas des plaintes qu'il faut, mon
cher René, dit Clotilde, c'est du courage. Nous ne
possédons plus rien, mais c'est le partage du plus
grand nombre. Vous êtes jeune, et l'avenir ne
manque jamais à un travail assidu.

Le travail, hélas ! Clotilde en parlait bien à son
aise. Ce n'est pas quand on a vécu comme avait vécu
René, au sein de tous les plaisirs, à la poursuite de
toutes les joies, sans autre guide que ses passions,
qu'il est facile de se vouer au travail. D'ailleurs, à
supposer que la bonne volonté ne lui manquât pas,
à quoi était-il bon ? quelle carrière pouvait-il embrasser ? Il le demanda à Clotilde.

— Mais le barreau, répondit la jeune femme ;
n'est-ce pas celle que vous avez choisie ? Il me
sera doux de vous y voir marcher, car c'est celle qu'a
suivie mon père.

— J'y songerai, dit René.

Il avait encore un triste aveu à faire à Clotilde ; cet aveu s'arrêta sur ses lèvres : il n'avait pas fait son droit, il n'avait jamais pris d'inscription ; il avait bien mieux aimé perdre son temps et son argent.

Le plus grand désir de Clotilde eût été de posséder Belmont, et ce qui l'affligea le plus dans cette ruine que lui annonçait René, fut peut-être l'idée de voir passer en des mains étrangères cette maison où s'était écoulée son enfance et où son aïeule venait de mourir. Un instant elle pensa que, fidèle au culte des souvenirs, Alice, qui était riche, achèterait cette charmante campagne. Elle ne savait pas qu'avec toute sa fortune, Alice était aussi pauvre qu'elle-même et se trouvait depuis quelque temps dans de terribles embarras.

Belmont fut mis en vente et devint la propriété d'un fabricant de Nancy. Clotilde avait espéré qu'il ne se présenterait pas d'acquéreur, que la vente serait ajournée, que, par quelque circonstance imprévue, Belmont resterait soit à elle, soit à Alice ; enfin elle s'était rattachée à des idées déraisonnables plutôt que d'admettre la douloureuse réa-

lité. Aussi ses larmes furent bien amères, quand
elle vit une nouvelle famille s'installer dans le petit
manoir, quand elle aperçut un collégien à la fenêtre
de sa jolie chambre, si blanche, si coquette ; quand
de nombreux visiteurs foulèrent la pelouse où,
toute petite, elle avait joué avec Alice sous l'œil
bienveillant de son aïeule ; quand ses fleurs chéries
devinrent la proie d'enfants étourdis et dévasta-
teurs ; mais que ne souffrit-elle pas, mon Dieu !
quand elle apprit que le propriétaire de Belmont.
ne jouirait que pendant un mois des agréments de
cette demeure, que le petit château serait démoli
et le parc abattu pour faire place à une usine et à
de vastes magasins.

Les premiers coups qui ébranlèrent l'élégant
édifice brisèrent son cœur, et, en le voyant s'é-
crouler, elle crut assister à la ruine de son bonheur.
La maison où était mort M. de Granville n'échappa
point à la destruction, et, de tous les lieux con-
sacrés par ses souvenirs, il ne resta à Clotilde que
deux tombes.

M. de Brussan n'avait pas vu sans étonnement
la jeune femme abandonner aux enchères l'héritage
de son aïeule ; cette surprise, il n'avait pu s'em-

pêcher de la témoigner devant elle, et un éner-
gique froncement de sourcils lui avait appris combien il blâmait cette indifférence. Clotilde avait dû
feindre de n'en rien voir.

— Nous sommes jeunes, avait-elle répondu au
colonel, et il faut que nous songions à l'avenir.
Belmont est de nul rapport.... et....

Par bonheur le colonel, n'en voulant pas entendre davantage, lui avait tourné le dos sans remarquer son trouble. Il s'éloigna en mâchant sa
moustache grise, ce qui, chez lui, était l'indice d'une
violente contrariété, et en murmurant à part lui :

— Diable ! serait-elle avare ?...

Toute la journée il fut d'une humeur féroce ; il
rudoya ses domestiques, battit son chien favori,
n'adressa pas une parole à Clotilde et reprit son
vieux thème, oublié depuis six mois, sur l'ingratitude des enfants. Insensiblement il se calma ; mais
quand il apprit que la maison de la baronne allait
être détruite, il se fit une maligne joie de venir
l'annoncer à sa belle-fille.

Clotilde jeta un cri.

— Que voulez-vous? lui dit M. de Brussan.
Vous avez trouvé que Belmont était de nul rapport,

7.

le nouveau propriétaire a bien le droit de penser comme vous.

En reportant ses yeux sur Clotilde pour juger de l'effet de sa boutade, il la vit pâle comme une morte et privée de sentiment. Alors toute rancune s'évanouit, et quand la jeune femme reprit connaissance, elle le trouva auprès d'elle, lui tenant la main, et sur cette main brillait une larme que le vieillard n'avait pu retenir.

— Je vous ai fait bien du mal, ma fille, lui dit-il.

Clotilde ne lui répondit que par un doux et triste sourire.

— C'est que je vous en voulais. Pourquoi, diable, n'avez-vous pas acheté Belmont?

La jeune femme éluda cette question.

— Me pardonnez-vous, mon père? demanda-t-elle.

M. de Brussan la serra dans ses bras.

— Je ne sais pas pourquoi vous avez agi ainsi, dit-il, mais je suis sûr que vous êtes un ange.

La succession de la baronne fut promptement liquidée : la part de Clotilde alla rejoindre sa dot dans le coffre-fort d'un vieux juif; celle d'Alice

passa, en une seule soirée, du portefeuille d'Armand
dans celui d'un baron russe , grand amateur du
lansquenet.

XIV.

Les époux de Brussan vont se fixer à Paris. — Visite aux
époux Duchâtel. — Sages conseils de Clotilde.

Hors le sacrifice qu'elle avait été forcée de faire
en vendant Belmont, la jeune femme ne s'était
point affligée de sa ruine.

— Nous vivrons comme a vécu mon père, modestement, mais honorablement, disait-elle, et le
travail sera pour René une sauvegarde contre les
souvenirs du passé.

Et elle pressait son mari de décider quand il
commencerait son stage, en lui rappelant qu'il

n'avait pas de temps à perdre. René eût voulu
reculer indéfiniment l'aveu qui devait détruire la
dernière espérance de Clotilde, mais il fallut bien
qu'il s'échappât de ses lèvres.

L'élève de la baronne supporta ce nouveau coup
avec un courage héroïque. Elle n'adressa à René
ni une plainte ni un reproche. « Dieu est le consolateur tout-puissant, » avait dit son aïeule mourante ; elle appela Dieu à son aide, et, après une
journée de réflexion, elle dit à son mari :

— Vivre auprès de votre père, mon cher René,
vivre de ce qui ne nous appartient plus serait une
lâcheté dont ni vous ni moi ne sommes capables.
Si vous m'en croyez, nous irons à Paris. Là, nous
trouverons des ressources, je l'espère ; et si je me
trompais, nous pourrions du moins y cacher notre
infortune.

Cette lâcheté dont elle ne supposait pas René
capable, nous devons dire qu'il l'avait, et qu'il
eût volontiers attendu, sans autre souci que celui
de la promenade, de la chasse et de la pêche, que
la mort de son père le laissât dénué de toute ressource. Mais déjà Clotilde avait pris sur lui cet
ascendant qu'exerce toujours la vertu en dépit des

efforts faits pour se soustraire à son empire. Il aimait sa femme, mais il l'admirait plus encore qu'il ne l'aimait, et il y avait des jours où cette admiration le faisait passer du sentiment de son infériorité à une sorte d'irritation qui ressemblait à de la haine.

Tout ce qu'il y avait eu de noble et de généreux en lui, il l'avait donné à dévorer, avec ses belles années, à l'oisiveté et aux passions qu'elle engendre; et parfois encore il se prenait à regretter amèrement de s'être arrêté sur le bord du précipice. Il éprouvait contre Clotilde quelque chose de ce que ressent le malheureux brisé par la fatigue et engourdi par le froid, contre l'ami qui le harcèle pour l'empêcher de céder à un sommeil qui serait mortel.

M. de Brussan avait compté que son fils se fixerait à Nancy; il jeta feu et flamme au seul nom de Paris, et il fallut que Clotilde prît sur elle cette résolution qu'il traitait de caprice inqualifiable.

— Puisque c'est toi qui veux me quitter, ma fille, je me tais et je pardonne, dit le colonel. Je t'ai promis de ne jamais t'accuser. J'ai d'ailleurs une telle confiance en toi, que je ne doute pas de la gravité des raisons qui te décident à t'éloigner de ce pays.

— Je n'y puis plus vivre, répondit Clotilde, saisissant l'idée que lui suggérait M. de Brussan. La vue de cette usine qui a remplacé notre joli castel m'obsède comme un remords. Je vais rejoindre Alice, ma sœur bien-aimée ; mais je ne vous oublierai pas, mon père....

— Je le sais, et je sais aussi que tu ne m'abandonnerais pas pour l'unique motif que tu allègues. Mais je ne te demande rien. Je crois en ta sagesse, en ton dévouement, et tout ce que tu pourras faire, je l'approuve. Va donc, chère Clotilde ; mes vœux te suivront ; et si Dieu les exauce, je te devrai le bonheur de mon fils.

— Merci, mon père ; vous êtes la bonté même. Je partirai plus calme et plus forte, puisque vous me bénissez, et rien ne me coûtera, je vous le jure, pour justifier la confiance que vous me témoignez, dit Clotilde en couvrant de baisers la main du vieillard.

Puis, comme si elle se fût repentie de cet épanchement qui pouvait faire deviner au colonel quelque chose de ce qu'elle éprouvait, elle reprit :

— Vous avez de l'ambition pour René, mon père; moi aussi j'en ai, et je crois qu'il fera plus rapidement son chemin à Paris que partout ailleurs.

— Nous ne sommes pas tout à fait du même avis, dit M. de Brussan. Paris fait les grandes renommées, mais il écrase les médiocrités, et tel qui eût brillé en province meurt ignoré dans ce gouffre où tant d'ambitions se pressent et se heurtent. Puis j'avais contre le séjour de Paris certaines préventions, justifiées par des motifs que je ne puis vous dire. Mais enfin, puisque vous le voulez, Clotilde, partez, je ne m'y oppose pas. Quand je me trouverai trop seul ici, j'irai vous y retrouver.

— Nous vous rappellerons cette promesse, mon père, si vous paraissez trop longtemps l'oublier, dit Clotilde, émue plus qu'elle ne voulait le paraître de la bonté du colonel et de la confiance absolue qu'il lui témoignait.

Le vieillard dit adieu à son fils sans que rien trahît le déchirement de son cœur; mais, lorsqu'il embrassa Clotilde, il ne put retenir ses pleurs, et il s'enfuit tout honteux de sa faiblesse.

M. et Mme de Brussan, arrivés à Paris, descendirent chez Armand, où leur présence causa autant de joie que de surprise.

— Que vous êtes aimable, mon cousin, de m'avoir amené Clotilde ! Vous me la laisserez pendant quelques semaines, n'est-ce pas ? dit Alice.

— Et tu nous resteras aussi, ajouta Armand. Mais qu'as-tu donc, René ? Pourquoi cet air sombre et contraint ? N'es-tu pas heureux de nous revoir comme nous le sommes de te posséder ?

— Mon cher Armand, je suis complétement ruiné ! dit René avec abattement.

— Est-ce bien vrai ? demanda Alice à son amie.

— Si vrai, que nous venons à Paris pour travailler, répondit Clotilde. J'espère qu'avec de la bonne volonté et de la patience nous parviendrons à nous refaire une position, et, grâce à Dieu, cette bonne volonté et cette patience, nous les aurons.

— Tu as plus de courage que je n'en aurais, chère Clotilde, dit Alice, frappée du calme de sa cousine. Mais quel événement a pu amener votre ruine ?

— Elle est depuis longtemps consommée, et je ne puis accuser que moi seul, balbutia René.

— N'y songez plus, mon ami ; ce n'est pas un malheur irréparable, n'est-ce pas, mon cousin ?

— Un malheur irréparable ?... Allons donc ! C'est là ce qui t'afflige, René ?... Moi, je te trouve bien heureux, répondit Armand.

— Oh ! merci, mon cousin, reprit Clotilde, sans remarquer de quel air sombre Armand avait accompagné ces paroles; nous avons bien fait, je le sais, de compter sur votre aide et sur vos conseils.

— Mes conseils !... Vous me demandez des conseils ?... à moi ?... fit Armand.

Et il éclata de rire.

Ce rire fit mal à Clotilde, qui pâlit légèrement. Alice le remarqua.

— Ne prends pas garde à ce que dit M. Duchâtel, chère amie, interrompit-elle. Depuis quelques jours, il est sujet à de singuliers accès de misanthropie.

— Vous vous en êtes donc aperçue ? demanda-t-il.

— Sans doute, mais non pas inquiétée ; car je sais à quoi les attribuer.

— Et la cause n'en est pas sérieuse ? demanda René.

— Jugez-en, mon cousin. Liane, la jument favorite d'Armand, a remporté le prix à la dernière course, mais elle a trouvé la mort dans son triomphe.

— Tu aimes donc les chevaux ? reprit René, dont l'œil s'anima soudain.

— Est-ce que j'aime quelque chose ?

— Voilà une réponse bien peu aimable, dit Alice, mais que nos amis te pardonneront en songeant que tu portes le deuil de Liane.

— Je porte le deuil de ma jeunesse, de mon avenir, de mon bonheur. Que parles-tu donc de Liane ? Peut-être deviendrai-je fou, mais je ne le suis pas encore.

Clotilde remarqua seulement alors le changement qui s'était opéré chez Armand depuis son voyage à Belmont. Il avait le teint pâle, les traits fatigués, les yeux rouges et quelque peu hagards. Sous le sourire ironique et forcé qui entr'ouvrait

ses lèvres, la jeune femme devina d'amères souffrances.

— Qu'a-t-il donc? demanda-t-elle à Alice en
l'entraînant vers le jardin.

— Eh! le sais-je? répondit Alice. Tu viens de
l'entendre comme moi : il regrette son avenir, sa
jeunesse et son bonheur.

— J'ai entendu, mais je n'ai pas osé comprendre.
Ne seriez-vous donc pas heureux?...

— Je ne me plains pas de mon sort; je sais
prendre de la vie ce qu'elle a de bon et je me
garde bien de me créer des chimères qui trouble-
raient mon repos.

— Armand n'a donc pas cette sagesse?

— Je crois que non. Il ne m'a jamais confié ses
ennuis, je les devine. Armand est un savant. Ces
gens-là ne ressemblent pas aux autres : ils ont des
besoins, des désirs, des espérances que le vul-
gaire ne comprend pas. Ce qu'il avait rêvé, il ne
l'a pas trouvé dans notre union. Ce n'est pas ma
faute.

— Que souhaitait-il donc qu'il ne pût rencontrer en toi, si bonne, si spirituelle, si charmante?

— Tais-toi, Clotilde, tu me ferais rougir. C'est

ton portrait que tu traces; tu me juges d'après toi-même. Mais je t'aime trop pour ne pas être sincère avec toi : je n'ai pas voulu sacrifier mes goûts à ceux d'Armand; peut-être ai-je eu tort, je n'en sais rien et ne veux pas le savoir. Avant son mariage, il aimait avec passion l'étude et le travail; il les a abandonnés et il les pleure.

— Que n'y revient-il?

— Il le voudrait et il ne le peut plus. Il paraît qu'on ne joue pas impunément avec le feu.

— Que veux-tu dire?

— Te rappelles-tu que, quand nous étions toutes petites, nous avons plus d'une fois gémi sur le sort des pauvres papillons qui venaient voltiger autour de notre lampe?

— Oui, je m'en souviens.

— Eh bien! pareil au papillon, Armand a voulu s'approcher de ce brûlant foyer qu'on appelle le plaisir, et il y a laissé ses ailes.

— Je commence à comprendre. Mais ce qui m'étonne, c'est que tu parles aussi gaîment d'une chose qui devrait t'affliger.

— M'affliger? Et pourquoi donc? Je me réjouis de ce changement. Armand planait dans des régions où je ne pouvais le suivre; désormais, nous marcherons ensemble.

— Veux-tu que je te parle franchement, chère Alice ?

— Qui pourrait t'en empêcher? De toi, je puis tout entendre. N'es-tu pas ma meilleure, ma seule amie? Tu veux me gronder; je t'écoute.

— Te gronder, non, ma sœur chérie, mais t'adresser une prière. Il y a plus de douleur que tu ne le supposes dans le cœur de ton mari. S'il a renoncé pour toi à l'étude, sa plus chère occupation; s'il a oublié la gloire, passion des savants et des artistes, c'est qu'il t'aime.

— Je n'en ai jamais douté.

— S'il souffre, c'est pour toi; le railler serait donc peu généreux; il faut le consoler.

— Et comment?

— En le ramenant doucement à des travaux qu'il aimait, en l'intéressant à ses succès, en partageant ses espérances. Crois-moi, Alice, il t'en saura gré, et, en le voyant reconnaissant, en le voyant heureux surtout, tu ne regretteras pas ce que ce bonheur t'aura coûté.

— Voilà ce que tu ferais, Clotilde, je le sais,

répondit Alice ; tu oublies que nous n'avons pas
été élevées l'une comme l'autre, que nous n'avons
ni le même caractère, ni les mêmes goûts, que ce
qui te serait facile m'est impossible.

— Impossible? Alice, ne te rappelles-tu plus ce
qu'avait coutume de dire notre excellente aïeule ?
« Ce qu'on veut, on le peut. »

— « Mais il faut le vouloir, » ajoutait-elle, dit
Alice, et je ne puis me résoudre à te tromper,
Clotilde : ce que tu me demandes, je ne suis pas
décidée à le faire. Plus tard, peut-être, tes leçons
et tes exemples m'en donneront le courage.

Et de crainte sans doute que son amie n'insistât,
Alice, qui avait dirigé la promenade vers le salon,
y rentra avec elle

— Nos amis sont plus à plaindre que nous, dit
Clotilde à René, quand elle se retrouva seule avec
lui.

— A plaindre.... eux !... A quoi pensez-vous
donc? Ils ont un hôtel et des chevaux..., repartit
René.

L'occasion de faire un sermon sur ce texte :
« La fortune ne fait pas le bonheur, » eût paru
belle à beaucoup de gens; Clotilde sentit qu'elle

en fatiguerait inutilement son mari, et elle se
tut.

— Nous ne pouvons rester ici longtemps, mon
ami, lui dit-elle le lendemain. Que comptez-vous
faire?

— Ce que vous voudrez, répondit-il avec humeur. N'est-ce pas vous qui m'avez fait quitter
mon père?

Ce reproche alla au cœur de Clotilde; mais elle
se garda bien de le laisser voir. En s'imposant la
tâche de réhabiliter son mari, elle ne s'était pas
fait illusion sur les difficultés d'une telle entreprise.

— Ainsi vous vous engagez à m'obéir, mon cher
René? dit-elle en feignant une gaîté qu'elle était
bien loin d'éprouver.

René ne répondit pas. Il sortit en sifflant un air
de chasse.

— Le voisinage de l'opulence, même malheureuse, serait dangereux pour nous, se dit Clotilde;
il est temps que nous le fuyions

Deux jours après, René avait loué un petit loge-
ment modeste, mais propre et commode. Par les
soins de Clotilde, les meubles qui avaient appar-

tenu à la baronne et les objets que René aimait servirent à monter la maison, et le jeune couple put croire encore qu'il n'avait pas quitté Belmont.

C'était peu de chose que de s'installer à Paris, il fallait y vivre. Le colonel de Brussan avait remis 20,000 fr. à son fils en lui disant adieu ; mais cet argent n'appartenait pas à René, puisqu'il le devait.

Il était à peine établi dans sa nouvelle demeure, que des créanciers vinrent y frapper. René était leur bien ; ils le suivaient partout, épiaient ses moindres démarches et savaient de quelle somme il pouvait disposer. Dix-huit mille francs leur furent livrés et 1,200 fr. seulement restèrent aux jeunes gens, le reste ayant été absorbé par les frais du voyage et de l'emménagement.

Douze cents francs ! et Clotilde allait être mère.... Il fallait que René se hâtât de prendre un parti.

— Mon père ne nous laissera manquer de rien, disait-il pour retarder l'instant où il lui faudrait se livrer au travail.

— Voulez-vous donc, mon ami, qu'il connaisse notre position ? demanda Clotilde. Mon cher René, je lis dans votre cœur, car le mien et le vôtre n'en font qu'un. Ce mot de travail vous révolte plus encore qu'il ne vous effraie. Il vous semble que travailler c'est déchoir.

René rougit.

— Quand on n'est pas né pour cela, balbutia-t-il.

— Nous sommes tous nés pour le travail, reprit doucement Clotilde; à l'un échoient les labeurs du corps, à l'autre ceux de la pensée. Celui qui vit sans s'occuper est un être inutile, et Dieu n'a pu rien vouloir faire d'inutile. Il nous a donné la force et l'intelligence, c'est pour que nous les employions; et l'honnête artisan, dont les sueurs nourrissent sa famille, tient sa place ici-bas, aux yeux du Créateur et à ceux de tous les gens sensés, mieux qu'un oisif millionnaire.

— Vous pouvez avoir raison, dit René d'un air ennuyé; mais que voulez-vous que je fasse?

— Si vous acceptiez, en attendant mieux, la place dont M. Duchâtel vous parlait hier?

Armand avait, en effet, proposé à son cousin l'emploi de teneur de livres en second chez un riche banquier de sa connaissance. René consentit à en essayer; mais au bout de quinze jours il déclara qu'il mourrait d'ennui, s'il lui fallait rester longtemps encore enfermé dans une étroite cage, les yeux braqués sur des chiffres, du matin au soir; et ce fut sa femme qui le supplia de n'y pas retourner.

Trois ou quatre essais non moins infructueux achevèrent de décourager René. Son humeur devint sombre et bizarre; il oublia ce qu'il devait de reconnaissance et de respect à Clotilde, non-seulement pour la généreuse conduite qu'elle avait tenue en apprenant sa ruine, mais pour la bonté, la douceur, la tendresse dont, en dépit de ses torts, elle lui donnait chaque jour des preuves.

René sentait son injustice, il se la reprochait, et c'était sur Clotilde que retombaient l'indignation et la haine qu'il éprouvait contre lui-même. La jeune femme lui pardonnait et se consolait par l'espoir d'un avenir plus heureux.

XV.

La jeune Mariette. — Héroïque dévouement de Clotilde. —
Naissance de Marie. — René converti et peintre.

Un matin, Clotilde reçut la visite de Mariette. La
pauvre enfant avait, depuis le départ de Mme de
Brussan, perdu son père et sa mère, et, rien ne la
retenant plus à Belmont, elle venait prier sa bonne
et douce compagne d'autrefois de la prendre à son
service. La position de Clotilde ne lui permettait
pas de céder à ce désir. Mariette pleura beaucoup
lorsqu'elle l'apprit, moins encore d'être obligée de

Alice et Clotilde Chap. 15.

Cet argent Clotilde c'est moi qui l'ai gagné.
Il servira à élever notre enfant.

quitter Mme de Brussan que de la voir réduite à un
état voisin de la misère. Il fallut, pour la consoler,
tout le calme, toute la gaîté de Clotilde, toute sa
confiance en des jours meilleurs. Ne pouvant garder Mariette, elle s'occupa de la placer, et, par
l'entremise d'Alice, elle la fit entrer dans un magasin de lingerie, où, sous tous les rapports, la jeune
fille devait être fort bien.

Clotilde put alors réaliser le désir qu'elle avait
depuis longtemps de demander des ressources à
son travail. Elle brodait comme une fée. Mariette
lui choisit l'ouvrage le mieux payé, se chargea de
le lui apporter et de venir le reprendre lorsqu'il
serait terminé. Levée avec le soleil, la jeune femme
mettait tout en ordre dans son petit ménage; et
quand René s'éveillait, elle était déjà depuis plus
d'une heure à sa broderie, sans que ce genre de
vie, si nouveau pour elle, altérât en rien sa bonne
humeur.

Trois mois après son arrivée à Paris, elle mit au
monde une fille, dont elle ne voulut confier le soin
à personne. Le colonel, retenu par la goutte, pria
Armand de le remplacer en qualité de parrain; mais
il envoya à sa petite-fille une riche layette et un

billet de 1,000 fr. pour les bonbons. Il s'informait de ce que faisait René et promettait de venir entendre sa première plaidoirie.

La venue d'un enfant double ordinairement le courage du père : il faudra nourrir ce petit être, l'élever, et, à force de travail et d'économie, lui créer une position. On a pour son enfant beaucoup plus d'ambition que pour soi-même ; on veut lui épargner les soucis dont on a souffert et le placer où l'on n'aurait osé aspirer. Ce sentiment est naturel, mais, comme tous les bons sentiments, il s'émousse dans l'âme de celui qui a méconnu les joies les plus pures pour courir après les faux plaisirs.

Quand René voyait sa petite Marie lui sourire, un frisson de bonheur l'agitait, et des larmes bien douces montaient à ses yeux ; mais presque aussitôt il la replaçait dans son berceau et s'éloignait mécontent. Il pensait au sort qui attendait l'innocente créature, il se maudissait lui-même en se reconnaissant incapable de gagner le pain de son enfant.

Clotilde ne lui parlait plus de travail ; elle comptait sur l'amour paternel pour amener le résultat qu'elle avait jusque-là espéré en vain. René faisait de longues absences, il cherchait, disait-il, une place; chaque soir il rentrait harassé, triste et presque menaçant.

La pauvre Clotilde se consolait en embrassant son enfant et en travaillant de toutes ses forces.

— Pourquoi donc, chère madame, lui dit un jour Mariette, usez-vous vos yeux sur cette broderie qui vous rapporte si peu, plutôt que de chercher à tirer proît de vos autres talents? Il n'y a pas à Paris deux musiciennes comme vous.

— Tu te crois encore à Belmont, ma chère Ma-riette, dit en souriant Clotilde; mais quand ce que tu dis serait vrai, de quoi cela me servirait-il? Est-ce que je puis quitter mon enfant?

— Eh bien! pourquoi ne peindriez-vous pas là, près du berceau de ce cher petit ange? Il y a à deux pas de mon magasin un marchand de tableaux. Je le vois en acheter chaque jour qui ne valent pas moitié de ceux que vous faisiez à Bel-mont.

— Je suis sûre que tu me flattes encore, dit Clotilde; mais quand ma gentille Marie n'aura plus si souvent besoin de mes soins, je verrai ce qui vaut le mieux d'une aiguille ou d'un pinceau.

En entendant Mariette, René, qui se tenait courbé sur un livre qu'il feignait de lire, mais dont il se contentait de regarder les pages avec un profond ennui, tressaillit, comme si un choc soudain l'eût frappé. Il se leva, embrassa Clotilde et Marie, et s'élança comme un fou vers l'escalier. Quand il rentra, il faisait nuit, et la jeune femme commençait à s'inquiéter ; mais à cette inquiétude succéda bientôt une joie telle que depuis longtemps elle n'en avait ressenti. René était moins pâle que de coutume, et un sourire rayonnait dans ses yeux si souvent ternes et fixes. Il retrouva pour Clotilde de douces prévenances, d'affectueuses paroles, et elle se réjouit de ce changement, sans savoir à quoi elle devait l'attribuer.

Le lendemain cette bonne humeur avait disparu; René était plus maussade et plus brusque que jamais. Mais à quelque temps de là, il eut une bonne journée, et ces rayons de soleil, comme les nommait Clotilde, devinrent de moins en moins rares. La jeune femme avait grand besoin de cette diversion à des soucis dont elle ne voulait point entretenir son mari. Quelle que fût son assiduité au travail, elle ne gagnait guère, et il restait bien peu de chose des bonbons de la petite Marie. Elle avait bien, il est vrai, la ressource d'écrire à M. de Brussan et de le prier de satisfaire quelque fantaisie de toilette, soit pour sa fille, soit pour elle-même. Mais, outre qu'une demande répugnait à sa fierté, Clotilde sentait qu'il fallait sortir de cette situation précaire, et elle n'osait plus presser René de prendre une détermination.

Marie se fortifiait à vue d'œil ; elle promettait d'être intelligente et douce comme sa mère. C'était tout le bonheur de Clotilde.

La jeune femme ne voyait que de loin en loin Mᵐᵉ Duchâtel. Elle l'aimait trop pour lui épargner un bon conseil, un reproche amical, une douce gronderie, pour ne pas essayer de lui faire comprendre combien il lui serait facile d'être heureuse. Alice ne savait pas mauvais gré à sa cousine de ces preuves d'amitié qu'elle appréciait à leur valeur, mais elle s'en fatiguait et préférait à la société de sa bonne sœur celle de la comtesse de Nerville, qui, au lieu d'avis et de réprimandes, n'avait pour elle que des caresses et des flatteries. D'ailleurs les deux cousines avaient à s'occuper de soins bien différents : Clotilde, tout à son ménage et à son

8.

enfant, n'avait pas de temps à perdre, et Alice, que le plaisir réclamait, ne pouvait consacrer que de rares instants à son amie d'enfance. René allait peu chez Armand, et Clotilde ne l'engageait pas à s'y rendre, car il en revenait toujours plus sombre et plus découragé.

Armand venait quelquefois passer une heure auprès de René; il paraissait se trouver plus à l'aise dans ce modeste appartement que dans son splendide hôtel, et il écoutait avec un plaisir mêlé d'attendrissement et de respect tout ce que disait Mme de Brussan.

— Si Alice eût ressemblé à Clotilde, se disait-il souvent, combien nous eussions été heureux !

— Si j'avais épousé Alice, j'aurais pu, après mes dettes payées, vivre convenablement, avait pensé René lors de sa première visite à Armand.

Et la comparaison qu'il avait souvent faite de son sort à celui de son cousin n'avait pas peu contribué à aigrir son caractère. Mais soit que la douceur de Clotilde l'eût enfin vaincu, soit que la vue et les caresses de son enfant eussent peu à peu dissipé l'amertume qui remplissait son cœur et lui eussent rendu plus chère sa Clotilde, dont la petite

Marie était le vivant portrait, il ne parlait plus avec envie du luxe d'Armand et ne vantait plus à sa femme les délicieuses toilettes, la grâce, la beauté, l'esprit charmant, la pétillante gaîté de Mme Duchâtel. Il sortait encore chaque matin sans dire où il allait, mais il rentrait calme, presque gai, s'occupait de l'enfant et souriait à la mère, qui reprenait courage et confiance.

Une transformation s'opérait en lui, lentement, il est vrai, mais bien visiblement pour Clotilde, qui la souhaitait depuis si longtemps et qui en épiait les progrès avec tant de sollicitude. Elle en rendait grâce à Dieu et s'efforçait de la hâter par plus de tendresse et de dévouement encore.

Un jour, elle travaillait comme d'habitude, interrompant de temps en temps le jeu de son aiguille pour donner un baiser à la petite Marie, qui folâtrait à ses pieds; un pas précipité résonna sur l'escalier, et René parut. Le premier mouvement de Clotilde avait été de courir à lui; la rapidité de sa marche l'avait effrayée, mais elle fut bientôt rassurée. René était pâle, mais d'une émotion joyeuse, et le bonheur brillait dans ses yeux.

— Tu as une bonne nouvelle à m'annoncer, René? lui dit-elle.

René s'approcha sans répondre, et, tirant de sa poche plusieurs poignées de 5 fr., il les jeta sur la table d'un air triomphant.

— Qu'est-ce que tout cet argent ? demanda la jeune femme. D'où nous vient-il, mon ami?...

— Clotilde, c'est moi qui l'ai gagné !... répondit René, tandis que des larmes d'un légitime orgueil gonflaient ses paupières.

La petite Marie, au bruit du métal tombant sur la table, avait grimpé sur les genoux de sa mère, mais bientôt son attention avait passé des pièces brillantes étalées sous ses yeux, à son père qui semblait les lui offrir. Elle lui tendit les bras.

— René, notre enfant te remercie, dit Clotilde, et moi.... moi, je t'aime et je te bénis.... Mais dis-moi....

— C'est bien simple. En te voyant travailler nuit et jour, j'ai eu honte de mon oisiveté et j'ai cherché le moyen d'en sortir. Longtemps mes efforts ont été inutiles. Enfin le Dieu que tu invoquais sans doute est venu à mon aide.... J'ai acheté des toiles, des pinceaux, des couleurs. Un peintre que j'avais connu autrefois m'a reçu dans son atelier. Voilà le secret de mes absences. Un jour j'espérais, le lendemain je me sentais découragé.... Que te dirai-je enfin ? Le succès a couronné ma patience : je t'apporte le prix de mon premier tableau.

Le conseil donné par Mariette à Clotilde de s'occuper de peinture avait été pour René un trait de lumière. Se rappelant qu'il avait beaucoup peint dans sa jeunesse et avait passé pour posséder un remarquable talent d'amateur, il avait couru chez un de ses anciens amis, professeur en renom, qui avait consenti à le recevoir dans son atelier. René avait eu bien des difficultés à vaincre; il avait passé par bien des déceptions et des découragements : de là l'irrégularité de son humeur; enfin, après une lutte de tous les instants, il avait triomphé de son apathie, avait repris goût à l'art qu'il avait tant aimé jadis, et il en était arrivé à ne plus craindre désormais la misère.

La joie de Clotilde, en apprenant ces détails, serait aussi difficile à exprimer que l'ivresse de René. Dans cet argent, dont il avait peine à détourner ses regards, il y avait non-seulement la certitude du bien-être de sa famille et le plaisir qu'on éprouve à se dire : « Voilà le fruit de mon travail; » il y avait le triomphe remporté par la force de la volonté sur ses habitudes oisives, et plus ce triomphe lui avait coûté, plus il se plaisait à en savourer la douceur.

— Si jamais nous devenons riches, mon ami, dit Clotilde, à quelque prix que ce soit, nous rachèterons ce tableau et nous y inscrirons la date de notre bonheur; car nous allons être heureux, René!... Le travail est un habile médecin pour l'âme comme pour le corps, et les yeux fixés vers l'avenir, que tu voudras grand et beau, tu oublieras un passé funeste. La fortune que tu as perdue, tu la regagneras, et nous en jouirons bien mieux, ta fille et moi, puisque nous te la devrons....

— Es-tu donc ambitieuse, ma Clotilde?

— Je le suis pour toi, René. Tu ne végéteras pas parmi les médiocrités, tu deviendras un véritable artiste....

— Je le désire et je l'espère.... Mais si cet espoir n'est point un vain songe, quelque éclat qu'ait un jour mon nom, serai-je jamais digne de toi? Va, je sais tout ce que je te dois, et seul je puis le savoir.... Tu ne le comprendrais pas; car tu ignores de quel profond abîme tu m'as tiré, de quelles épaisses ténèbres tu as délivré mon esprit, de quelles chaînes pesantes tu as affranchi mon cœur.... J'ai quelquefois été bien injuste envers toi, Clotilde; il faut me le pardonner : j'étais si malheureux ! Mais Dieu a pris pitié de moi..., il a envoyé sur mon chemin un de ses anges; je recommence à vivre, je crois, j'espère, j'aime; et cet ange, Clotilde, c'est toi !...

Clotilde pleurait; mais que ses larmes étaient douces ! et que ce seul instant la dédommageait bien de toutes les souffrances qu'elle avait endurées sans se plaindre !

Quand on a pu comparer les pures joies de la famille et la délicieuse paix que donne une bonne conscience aux plaisirs qui ne laissent dans l'âme qu'amertume et dégoût, il n'y a point à craindre qu'on y retourne.

Le succès encourageant René, le travail prit chaque jour un nouveau charme pour lui, et il se demanda comment il avait pu tant hésiter à sortir de sa honteuse oisiveté. Pendant quelques mois encore il étudia sous l'habile maître qu'il s'était choisi, puis, une salle propre à servir d'atelier s'étant trouvée à louer dans la maison qu'il habi-

tait, il s'y installa. De temps en temps Clotilde y
montait, jetait un coup d'œil sur le tableau commencé, et par quelque bonne parole doublait le
courage de l'artiste.

Plus René était content de lui-même, plus il
redevenait aimable et bon; le travail lui avait rendu
la jeunesse avec toutes ses illusions et ses espérances; il les confiait à sa femme, et leur réci-
proque affection s'augmentait de tout le bonheur
que l'un avait reçu, que l'autre avait donné.

Clotilde, nature d'élite et artiste elle-même,
avait à un haut degré le sentiment du beau dans les
arts. René aimait à la consulter, et il était fier de
son travail quand elle l'avait loué.

L'aisance revenait dans le petit ménage; mais ce
n'était pas tout ce que souhaitait le jeune peintre.
Il voulait de la gloire, pour en faire hommage à
celle à qui il la devrait. Pendant une année encore,
il travailla avec une patience et une ardeur admi-
rables, copiant les grands maîtres, étudiant sans
relâche les principes du dessin et les mystères du
coloris, puis il se mit sérieusement à l'œuvre.

Un charmant petit tableau exécuté par René
avec d'autant plus d'amour que Clotilde et Marie

lui en avaient fourni le sujet, fut admis à l'exposition et captiva tous les regards. C'était *La Prière de l'Enfant.* Il y avait tant de suavité dans la pose de la jeune mère, un si divin mélange de foi et de maternelle tendresse dans ses yeux, qu'elle semblait ne pouvoir détacher de sa fille que pour les élever vers le ciel avec les saintes paroles qu'elle lui enseignait à bégayer, tant d'expression dans la tête du petit ange agenouillé, tant de vérité, tant de sentiment, tant de vie dans cette toile, qu'on se la montrait comme la merveille du salon.

Ce fut un bien beau jour pour Clotilde que celui où, conduite par son mari, elle se mêla à la foule qui admirait *La Prière de l'Enfant* et vit René rougir et palpiter en entendant applaudir à son talent.

Le lendemain, la duchesse d'Orléans, qui visitait le salon, s'arrêta devant le gracieux petit tableau, en loua la beauté et déclara qu'elle l'achetait.

Cette distinction méritée valut immédiatement à René plusieurs commandes importantes, et, ce qui vaut mieux que la fortune, un nom !...

On dit qu'un bonheur ne vient jamais seul. Au

moment où Armand venait d'annoncer cette bonne
nouvelle à son ami, le colonel arriva. Il s'ennuyait
de ne point entendre parler des débuts oratoires
de son fils et il voulait enfin s'assurer par lui-même
des causes de ce retard. Il craignait de mourir
avant que René eût gagné sa première bataille. Il
s'exprimait ainsi sans doute en souvenir de ses
belliqueuses années, et il serait difficile de dire si
ce triomphe de la parole ne lui semblait pas pré-
férable à celui des armes, tant il paraissait le
prendre à cœur.

— Quand plaides-tu ? demanda-t-il à René,
après avoir serré Clotilde sur son cœur et embrassé
tout à son aise sa charmante petite-fille.

— Voici son premier plaidoyer, mon bon père,
dit Clotilde en désignant le tableau qui n'avait pas
encore été remis à son auguste propriétaire.

— Voilà deux bien jolis portraits, dit le colonel, en reconnaissant Clotilde et Marie; et si
c'est pour moi que vous les avez fait faire, j'en
serai ravi : ils me tiendront compagnie là-bas; car
sans vous j'y meurs d'ennui.

— Ce tableau ne nous appartient pas, mon

père; mais puisqu'il vous plaît, René pourra en faire une copie.

— Oui, il barbouillait assez gentiment lorsqu'il était tout jeune; mais il a bien oublié cela, depuis qu'il est avocat.

— René est peintre, reprit la jeune femme, et vous voyez son ouvrage, mon père.

Le colonel eut quelque peine à renoncer à l'idée qu'il s'était faite de voir briller René au palais; il faisait assez peu de cas des arts, et, depuis qu'on ne se battait plus, il regardait le talent de la parole comme pouvant seul mener à tout. Mais quand René lui eut dit ce que, sans détruire la paix du vieillard, il pouvait avouer de ses folies et de ses remords, quand il eut dit ce qu'il devait à Clotilde, ce ne fut plus de l'affection et du dévouement que le colonel éprouva pour la jeune femme, ce fut une tendresse et un respect qui tenaient du culte. Il n'avait pas plus vénéré sa mère; il n'aurait pas plus aimé sa fille.

XVI.

Naissance de Laure. — Mme Lucien se livre avec passion au
jeu de la bourse. — Embarras pécuniaire de M. Duchâ-
tel. — Visite du colonel de Brussan.

Deux mois après la naissance de la petite Marie,
Dieu avait aussi donné une fille à Alice. Armand
l'avait reçue comme un gage de paix et de joie.
Comprenant ses devoirs de père, il était prêt à
rompre avec des habitudes dont le temps n'avait
pas encore fait une seconde nature, et il espérait
qu'Alice puiserait dans le sentiment maternel la

force de renoncer à tout pour s'occuper de son enfant.

Il se trompait : Alice aimait ce blond chérubin qui lui souriait et lui tendait les bras; elle eût donné sa vie, s'il l'eût fallu, pour sauver celle de la faible petite créature; mais elle n'eut pas le courage de lui sacrifier les distractions qui lui étaient chères.

Elle donna une nourrice à Laure, non qu'elle se trouvât trop faible pour remplir ce premier devoir des mères, mais parce qu'elle craignait que la fatigue n'altérât sa beauté. Alice n'était plus la jeune fille que nous avons vue, un jour, choisir, sans souci pour elle-même, la coiffure qui convenait le mieux à sa cousine.

Rien ne fut épargné pour que Laure ne manquât de rien; mais l'œil de sa mère n'était pas là, devinant ses moindres besoins, guettant son premier sourire, épiant le premier éclair d'intelligence qui illuminerait son doux visage.

Chaque matin Alice embrassait sa fille, chaque soir elle la revoyait avec bonheur, et elle ignorait ce qu'elle perdait d'émotions délicieuses, de joies pures et suaves, en s'éloignant du berceau de Laure pour courir après les brillants mensonges qui l'avaient séduite.

Ni les reproches quelque peu amers d'Armand ni les tendres prières de Clotilde n'obtinrent que la jeune femme, habituée à plaire et à éblouir, pût se résoudre au simple rôle de mère de famille.

Armand ne se sentit pas la force de recommencer la lutte dans laquelle il avait succombé; toute discussion lui était antipathique; il résolut de laisser Alice consommer sa ruine et de se remettre au travail qu'il avait abandonné, puisque bientôt ce travail devrait faire vivre sa femme et son enfant.

L'exemple de René lui inspirait d'ailleurs le désir d'arriver à la gloire et de se créer un nom dont sa fille pût être fière. Mais l'étude et le travail craignent le bruit, et c'est dans la solitude seulement qu'on peut s'y livrer avec fruit; les visites, les fêtes, les parties de plaisir se disputaient les heures d'Armand; jamais il ne s'appartenait à lui-même. Les difficultés de sa position éteignirent peu à peu sa bonne volonté, et il se laissa de nouveau emporter par le tourbillon auquel il avait essayé de s'arracher.

Bientôt il ne resta plus rien de la dot de la jeune femme; mais Mme Lucien Delcourt était fort riche, et Alice ne doutait pas qu'elle ne consentît, sur sa demande, à faire deux parts de cette magnifique fortune et à en remettre une à sa fille unique.

Mme Delcourt avait eu le bon esprit de se retirer du monde avant qu'il la quittât; mais ce sacrifice avait laissé en elle un vide qu'elle ne savait comment combler. La femme dont une bonne éducation a élevé l'intelligence et formé le cœur, ne s'afflige guère quand les petites satisfactions de la vanité viennent à lui manquer; elle n'y a jamais été bien sensible, et quand elle a cessé d'être belle, il lui reste le travail, la lecture, la société des amis que lui ont faits son esprit et sa bonté. Ce petit cercle lui devient de jour en jour plus cher, et elle se félicite bientôt de n'être plus entourée que d'affections sincères et de vivre un peu plus pour elle-même et pour les siens. Mais quand l'âge vient pour la femme du monde, il lui enlève tout et la laisse inconsolable.

Mme Delcourt avait évité le ridicule de vouloir rester jeune en dépit des années; mais il lui fallait de quoi remplacer le bruit, le mouvement dont elle avait fait son bonheur. Les émotions que lui avait fait éprouver déjà le jeu de la bourse lui parurent propres à remplir ce but. Si la beauté est une puissance, l'argent en est une plus grande encore, et ses salons, un instant désertés, redevinrent plus animés que jamais. Quelques spéculations heureuses enhardirent Mme Lucien, et bientôt toute sa fortune se trouva représentée par des actions de chemins de fer, de canaux, de mines de fer et de charbon.

Alice, éprouvant pour la première fois un sérieux embarras d'argent, s'adressa à sa mère. Mme Lucien avait été prodigue comme ceux qui, n'ayant jamais travaillé, ne savent pas ce que représentent de peines, de fatigues d'esprit ou de corps, les sommes qu'ils dissipent ; elle eût volontiers donné à Alice de l'or et des billets de banque; mais des actions.... de ces actions qui chaque jour montaient, qui bientôt peut-être allaient doubler de valeur, de ces actions qu'elle regardait avec amour, qu'elle prenait plaisir à palper et à compter, c'était chose impossible.

Au lieu de tirer sa fille d'embarras, elle lui fit un sermon sur l'économie et sur l'attention que doit apporter une femme à surveiller sa maison.

C'était s'y prendre un peu tard, Alice le lui dit. Mme Lucien, si faible jusque-là, semblait avoir tout à fait changé de caractère, elle se fâcha de la hardiesse de sa fille. Alice riposta par des reproches sur la manière dont on l'avait élevée, reproches bien mérités, il est vrai, mais dans l'aigreur desquels elle oublia le respect qu'une mère a toujours le droit d'attendre de ses enfants; et les deux dames se séparèrent fort mécontentes l'une de l'autre.

— Ma mère se repentira du refus qu'elle m'a fait, se dit Alice, et elle viendra me prier d'accepter ce que j'allais lui demander.

Forte de cet espoir, elle continua de vivre sans souci, jetant chaque jour des sommes folles aux caprices de sa vanité. Elle ne payait plus ses fournisseurs; mais sa réputation de fortune était si bien établie, qu'ils ne songeaient point à s'en inquiéter. Les choses duraient ainsi depuis un mois, et Mme Lucien ne paraissait pas chez sa fille.

Alice commençait à en concevoir quelque inquiétude et à se demander ce qu'elle ferait si elle n'en pouvait rien obtenir. Sa délicatesse native,

9

bien qu'un peu émoussée au contact d'une société égoïste et cupide, ne lui permettait pas de songer sans un vague effroi à la difficulté d'acquitter les dettes qu'elle venait de contracter, et, pareille à l'épée que Damoclès voyait sans cesse suspendue sur sa tête, une crainte incessante la poursuivait au milieu des fêtes, celle de rencontrer le visage d'un créancier.

Clotilde, qui la trouvait pâle et soucieuse, l'interrogea en vain sur les causes de cette préoccupation qui ne lui était pas ordinaire; Alice éluda ses bienveillantes questions : elle eût rougi d'avouer à sa cousine, qui avait enduré avec une angélique résignation les rigueurs de la pauvreté, qu'elle était plus pauvre encore, malgré la dot énorme qu'elle avait eue, malgré les 12,000 fr. d'appointements alloués à son mari, puisqu'elle avait des dettes. Elle se résolut enfin à tenter une nouvelle démarche auprès de sa mère.

Mme Lucien la reçut à merveille.

— Tu me négliges, mon enfant, lui dit-elle; m'en voudrais-tu donc encore de ne t'avoir pas donné, il y a un mois, ce que tu me demandais ?

— Non, ma mère, répondit Alice ; mais je craignais....

— Tu craignais la baisse? Enfant! j'étais sûre de mon fait. Regarde quel magnifique résultat !

Mme Lucien feuilleta un instant les papiers épars sur un petit bureau de laque de Chine, en tira le cours de la bourse à la date où Alice était venue, celui du jour où elle la revoyait, et les lui présenta.

— Qu'est-ce donc que cela, ma mère, et quel résultat voulez-vous que j'admire? demanda Alice.

— Comment! tu ne vois pas que ta fortune est presque doublée, depuis que nous ne nous sommes pas vues?

— Je ne le vois pas, mais vous me le dites, ma mère, je le crois et je m'en réjouis; car il vous sera bien facile de me faire quelques avances sur cette immense fortune.

— Réaliser à présent?.... Oh! non, cela ne se peut pas, mon enfant; dans trois ou quatre mois, nous en parlerons, mais d'ici-là il n'y faut pas songer.... La hausse ne fait que commencer.

Alice ne comprenait absolument rien à ces jeux

de bourse qui du jour au lendemain vous ruinent
ou vous enrichissent; mais ce qu'elle comprenait
à merveille, c'est qu'elle n'obtiendrait pas facile-
ment ce qu'elle désirait. En effet, elle eut beau
prier, supplier, employer tour à tour les caresses
et les larmes; à toutes ses instances Mme Lucien
se contenta de répondre :

— Je te dis que c'est impossible, que nous at-
teindrons à un taux fabuleux.... Vendre serait
une folie que je ne me pardonnerais jamais.

Alice quitta l'hôtel Delcourt, plus irritée et plus
désolée encore que la première fois, et elle rentra
chez elle fort embarrassée de ce qu'elle allait faire.
Elle n'eut pas le temps d'y réfléchir, Armand l'attendait.

— Voici, lui dit-il, deux factures qu'on a ap-
portées en votre absence; je voulais les solder,
mais je me trouve un peu à court en ce moment;
faites-les acquitter demain, je vous prie.

— Je n'ai pas non plus la somme nécessaire,
répondit Alice.

— Voulez-vous que je passe chez votre banquier ?

— Épargnez-vous cette peine, Armand, elle serait inutile.

— Inutile, dites-vous ?

— Oui, mon crédit est épuisé.

—Enfin !... s'écria Armand.

Il fit de ce seul mot une expression si complète de joie et de triomphe, qu'Alice en demeura stupéfaite.

— M'avez-vous bien entendue, Armand ? lui demanda-t-elle.

— Parfaitement. Vous êtes ruinée, n'est-ce pas ?

— Et vous vous en réjouissez ?

— Si je m'en réjouis !... Vous n'avez donc rien vu de mes souffrances, Alice ? Vous n'avez donc pas compris que si je me jetais à corps perdu au milieu du bruit, du fracas de votre monde, que si j'aidais si consciencieusement à votre ruine, c'était pour qu'elle fût plus tôt consommée. Oh ! je n'ai rien épargné pour y arriver.... Il m'en a coûté beaucoup.... Plus d'une fois j'ai été sur le point d'y renoncer. Mais enfin j'y suis arrivé : d'aujourd'hui mes chaînes sont rompues, je quitte ma livrée, je redeviens l'humble ami de la science....

Avec mes livres je retrouve le bonheur...., et vous ne voulez pas que je me réjouisse?... Mais vous, Alice, pourquoi donc pleurez-vous?... Ce bonheur auquel je souris, ce n'est pas pour moi seul que je le veux. Je ne pourrais le goûter sans vous, sans notre enfant.... Je vous aime tant, toutes deux !... Il est vrai que vous avez pu douter de cet attachement; nous avons jusqu'à présent si peu vécu l'un pour l'autre. Mais vous verrez, Alice, combien la vie que je vous ferai sera douce. Vous aurez besoin de mon travail, vous verrez avec quelle ardeur je m'y livrerai. Rien ne vous manquera, chère amie, ni à vous ni à ma fille; car je ne suis pas ruiné, moi....

— Vous oubliez, Armand, que ma mère est riche et que je suis fille unique.

— Non; mais Mme Delcourt est jeune encore, Dieu merci, et quand ce qu'elle possède vous appartiendra, notre simple existence vous sera devenue si chère, que vous ne voudrez plus la quitter. Voilà mon espérance, Alice.

— Mais ma mère n'attendra pas, pour me faire part d'une fortune qui prospère merveilleusement entre ses mains, qu'elle ne puisse jouir des plaisirs que cette fortune me donnera.

Alice rendit alors compte à Armand des deux démarches qu'elle avait faites auprès de Mme Lucien. Il se fit par deux fois répéter quelques détails qui lui paraissaient obscurs, puis il prit dans les siennes les mains de sa femme et lui dit :

— Je ne voudrais pas vous affliger, Alice; pourtant je crois que vous vous trompez, que Mme Delcourt ne se dépouillera pas pour vous de ce qu'elle possède. Sa fortune n'est plus pour elle aujourd'hui de l'or et de l'argent dont elle ne sait que faire; c'est la source des seules émotions qu'elle se plaise à ressentir, c'est l'unique intérêt de sa vie.

Alice était de cet avis, mais elle voulait douter encore.

— Je puis être dans l'erreur, lui répondit Armand; mais si cela est, si Mme Delcourt vous remet quelque somme importante, au lieu de la jeter à de vains caprices, comme nous l'avons fait jusque-là, nous la destinerons, si vous le voulez, à doter notre fille, pauvre enfant que nous avons trop oubliée, vous et moi. Qu'en pensez-vous, Alice?

La jeune femme allait répondre, lorsqu'on an-

nonça une visite. Un instant plus tard le colonel
de Brussan pressait Armand dans ses bras. Clotilde et René l'accompagnaient. Alice avait appris
par son mari le succès de René, mais elle ne l'en
avait pas encore félicité. En voyant la joie de
Clotilde, elle oublia, pour la partager, les soucis
qui l'agitaient. Quant à Armand, rendu plus ex-
pansif par ce qu'il venait d'apprendre, il félicita
René avec une telle chaleur, que le colonel commença à penser que la peinture pouvait bien avoir
son prix et regretta moins les succès oratoires
qu'il avait rêvés pour son fils bien-aimé.

Avant que René s'éloignât, Armand trouva le
moment de l'instruire en peu de mots de ce qui
s'était passé.

— Me voilà pauvre comme toi, lui dit-il, et
presque aussi heureux que toi; car la pauvreté,
c'est la fortune de l'artiste.

— Parce que la pauvreté le force au travail,
dit en souriant René, et que, sans les sollicitations
de cette dure compagne, l'artiste, essentiellement
paresseux de sa nature, ferait ce que toi et moi
nous avons fait trop longtemps.

Mégard et Cⁱᵉ   Alice et Clotilde Chap. 17.

Tu nous as sauvés Clotilde ! achève ton ouvrage.
Oh ! pourquoi n'ai-je pas suivi tes conseils.

XVII.

Les époux Duchâtel et de Brussan sous le même toit. —
Contraste entre les deux ménages.

Huit heures du matin sonnaient quand Armand
et René, qui la veille s'étaient donné rendez-vous
devant la grille du Luxembourg, s'abordèrent avec
une cordiale poignée de main et se mirent joyeusement en quête de deux appartements. L'hôtel ha-
bité par M. Duchâtel depuis son mariage ne pouvait plus lui convenir, maintenant qu'il n'était plus
riche, et M. de Brussan, peintre déjà en renom,

9.

devait se loger un peu plus confortablement qu'il ne l'avait fait lors de son arrivée à Paris.

Après quelques recherches inutiles, ils trouvèrent enfin à louer le premier et le second étage d'une belle maison, ayant vue sur le jardin. Armand choisit le premier, René se contenta du second, et ils se séparèrent ravis de la pensée de ne faire bientôt plus qu'un seul ménage. René pressa le pas pour annoncer plus tôt cette bonne nouvelle à Clotilde; mais Armand ralentit le sien : il venait de se dire que sans doute Alice ne quitterait pas sans une violente explosion de regret le fastueux séjour auquel elle était habituée. Sa joie en fut diminuée de moitié, mais il ne perdit pas courage. Alice dormait encore lorsqu'il rentra ; il réunit ses domestiques et les congédia, à l'exception d'une femme de chambre et d'une femme de chambre et d'une cuisinière, et, dès qu'Alice fut éveillée, il se rendit auprès d'elle pour l'informer de ce qu'il avait jugé à propos de faire.

Comme il l'avait supposé, la jeune femme se récria; elle trouvait qu'Armand s'était trop hâté d'accomplir une réforme dont elle ne voyait pas encore la nécessité, et elle finit par lui dire qu'il

pourrait aller où bon lui semblerait, mais qu'elle
ne quitterait pas l'hôtel. Armand conserva tout
son calme.

— Tant que j'ai pu, sans être un malhonnête
homme, céder à vos caprices, je l'ai fait, ma chère
amie, lui dit-il ; plus d'un sans doute m'en a blâmé,
j'ai moi-même eu souvent honte de ma faiblesse ;
mais vous pouvez croire, Alice, que jamais personne n'aura à m'accuser de déloyauté, et je mé-
riterais ce reproche, si, pour retarder de quelques
mois encore l'instant où nous devrons renoncer à
l'opulence qui nous entoure, je contractais des
dettes que je ne pourrais acquitter. La vente des
superfluités dont nous n'aurons que faire désormais, soldera les notes de vos fournisseurs ; et si la
médiocrité est désormais notre partage, du moins
notre nom restera sans tache.

— Mais la fortune de ma mère..., objecta Alice.

— Quand vous la posséderez, ma chère amie,
si vous regrettez encore votre luxe passé, je ne
vous empêcherai point de satisfaire vos goûts. Mais
jusque-là....

— Il suffit, Monsieur, je vous obéirai, dit Mme Duchâtel.

Et comme si elle eût eu hâte de s'arracher à ce passé qu'il lui fallait quitter, elle se mit avec une fiévreuse impatience à surveiller son déménagement.

De son côté, Clotilde, redevenue toute jeune fille, depuis qu'elle avait la certitude de se rapprocher d'Alice, fit la plus grande diligence, et huit jours plus tard les deux ménages furent installés dans leur nouvelle maison.

Pendant une semaine à peu près, le bruit, le mouvement, l'embarras qui accompagnent un changement de demeure, le plaisir de se retrouver auprès de Clotilde, plus douce, plus tendre, meilleure que jamais, endormirent le chagrin d'Alice; mais quand elle eut présidé à l'arrangement de toutes choses, qu'elle se fut habituée à sa chambre, à son salon et aux soins affectueux de sa cousine, un abattement profond s'empara d'elle. Il lui sembla que son appartement, bien élégant et bien commode pourtant, était une tombe dans laquelle, toute vivante, on l'avait ensevelie; elle maudit son sort, et peu s'en fallut qu'elle ne maudît aussi sa mère, qui lui voyait subir un tel supplice sans en être touchée.

Tous les efforts de Clotilde pour la consoler n'eurent pour résultat que de l'irriter, au point que la présence de cette bonne cousine lui devint insupportable. L'aimable jeune femme s'en aperçut, et, traitant Alice comme un enfant malade, elle la vit un peu moins, sans cesser de l'aimer autant. Alice s'en plaignit. Clotilde revint, et, par de doux souvenirs, elle essaya de réveiller dans le cœur de son amie d'enfance la fraternelle tendresse qui les unissait jadis. Mme Duchâtel pleura en l'entendant parler de leur aïeule, morte en les bénissant toutes deux; de Belmont, leur joyeux berceau, hélas! détruit. Elle embrassa Clotilde en lui disant :

— On n'aurait jamais dû nous séparer. J'aurais été bonne comme toi, et comme toi je serais heureuse.

— Tu le seras, ma sœur chérie, dit Clotilde, répondant à son étreinte.

— Jamais ! La coupe à laquelle j'ai bu renferme un poison, poison lent, il est vrai, mais mortel.

— Tout poison a son antidote. Veux-tu que je t'indique le tien ? C'est le travail.... Tu ris ?... Demande à René, que tu as vu si triste, si dégoûté de

la vie, quel baume merveilleux l'a guéri. Pourquoi
n'en ferais-tu pas l'essai ?

— Parce que je ne veux pas de guérison, parce
que je n'ai que faire de ce tranquille bonheur qui
te suffit, à toi, aussi jeune et plus belle que moi,
il est vrai, mais aussi plus sagement, plus pieuse-
ment élevée.

Clotilde revenait à la charge, c'était en vain :
chaque jour semblait ajouter à l'ennui qui pesait
sur Alice. Elle avait renoncé à s'occuper des détails de sa maison, elle passait la journée entière à
sa fenêtre, guettant le passage d'une riche toilette
ou d'un brillant équipage. Si le soir venait sans que
rien lui eût paru digne de captiver son attention,
elle en était désolée ; et si elle avait vu ce qu'elle
souhaitait, ses regrets éclataient en plaintes et en
sanglots. La gentille petite Laure parvenait à peine,
par ses caresses et ses espiègleries, à ramener de
temps en temps un sourire sur ses lèvres.

La jolie enfant était plus joyeuse qu'elle ne
l'eût encore été ; elle avait trouvé dans Marie une
compagne de son âge, et dans Clotilde une seconde
mère dont elle préférait la société à celle de la morose Alice.

Armand, redevenu libre, comme il le disait lui-même, avait voulu se remettre à ses chères études. Tout son avenir dépendait désormais de lui seul, et, outre cette considération, bien puissante déjà, il devait trouver dans les laborieuses recherches de la science une utile diversion au spectacle de la tristesse d'Alice. Son cabinet de travail était pour lui un refuge; il s'y enfermait chaque matin; mais sans qu'il pût s'en expliquer la cause, les livres qu'il feuilletait ne lui offraient aucun intérêt; les mémoires qu'il avait écrits lui-même ne présentaient à son esprit que des idées à demi effacées; la nature, dont les mystères l'avaient si longtemps passionné, semblait, pour le punir de son abandon, vouloir lui fermer son sein; tout était ténèbres dans son intelligence, dégoût et lassitude dans son cœur.

Il lutta, mais faiblement; la plume lui tombait des mains; au lieu de travailler, il rêvait.... A quoi? Il n'eût pu l'avouer sans en mourir de honte. Il rêvait à ses plaisirs enfuis, à l'enivrement des fêtes, aux délirantes émotions du jeu, à ses relations avec ce que Paris comptait d'hommes à la mode, enfin à cette vie facile et brillante avec

laquelle il s'était tant réjoui de rompre. Alice avait
raison : Armand ne pouvait plus s'élever jusqu'aux
sphères où il avait plané jadis, il s'était brûlé les
ailes.

Encouragé, soutenu par une voix, par une main
amie, il eût persévéré dans son ingrat labeur, et
bientôt l'écorce amère, cédant à ses efforts, lui
eût offert son fruit doux et suave. Ce secours lui
manqua : Alice était près de lui, mais sa pensée
était ailleurs.

— A quoi bon, se dit-il enfin, me livrer à ces
arides études ? Où me mèneront-elles ? Ma place
est assurée, et quand j'aurais mille fois plus de
savoir et de mérite que je n'en ai, qu'en ferais-je ?

Fort de ce raisonnement, Duchâtel se contenta
de faire ce qu'exigeait impérieusement son emploi,
et, n'ayant point pour distraction aux ennuis de
son ménage l'étude sur laquelle il avait compté, il
dépensa son temps au dehors. Alice s'en plaignit ;
il lui répondit que, pour retenir son mari chez
soi, il fallait lui rendre ce chez-soi plus agréable
qu'elle ne le faisait. On s'aigrit de part et d'autre,
un reproche en amena un autre, et la mésintelli-
gence s'établit entre les deux époux.

Elle eût duré longtemps peut-être ; mais Alice tomba malade, et Armand sentit se réveiller toute sa tendresse. Quand la jeune femme entra en convalescence, les distractions lui furent recommandées ; son mari s'empressa de renouer avec quelques-unes des personnes qu'il avait quittées, et elle se rétablit. Mais les beaux rêves d'Armand s'envolèrent : plus de bonheur dans l'existence calme, simple et laborieuse, qu'il avait désiré passer entre sa femme et son enfant.

Ce bonheur, René le goûtait dans sa plénitude et ne demandait à Dieu que de l'en faire longtemps jouir. Ce qu'il savait des chagrins d'Armand augmentait encore son respect et sa tendresse pour Clotilde, son ange sauveur. Une modeste aisance, que les privations passées rendaient un véritable luxe, régnait dans le petit ménage ; Clotilde avait pris une bonne, et, affranchie des détails grossiers dont elle n'avait pas dédaigné de se charger pendant plusieurs années, elle avait repris ses pinceaux. René l'aidait de ses conseils, et il était fier de son élève. La jeune femme n'avait point oublié qu'il restait encore des créanciers à satisfaire, et, si peu que produisît son travail, elle était heureuse de le joindre au fruit du talent de René.

Pour se délasser d'une application de plusieurs heures, elle prenait sur ses genoux sa chère petite Marie, et, ouvrant un livre, elle lui apprenait à en distinguer les lettres. Une caresse récompensait l'enfant chaque fois que sa mémoire l'avait bien servie, et ce jeu lui paraissait plein de charme. Une leçon de morale suivait souvent la leçon de lecture. Marie apprenait à plaindre et à aimer les pauvres, à craindre le mensonge et la désobéissance, à chérir son père et sa mère, à prier Dieu, le père des petits enfants ; et quand Clotilde l'avait vue attentive à ses naïfs et touchants récits, quand elle avait surpris une larme dans ses yeux, ou deviné un bon mouvement de son cœur, rien n'égalait la joie de la sage et tendre mère.

Presque chaque jour, Laure, trop souvent négligée par Alice, qui ne croyait pas qu'on dût s'occuper de l'éducation d'une enfant si jeune encore, prenait sa part de ces doux soins, et c'était à qui d'elle ou de Marie obtiendrait le plus de baisers. Une promenade dans le magnifique jardin qu'elle voyait de ses fenêtres terminait la journée de Clotilde. Quand René ne l'y accompagnait pas, elle s'y asseyait et ouvrait un livre que bientôt elle oubliait de lire, pour suivre avec amour les ébats des deux petites filles et écouter leur gai babil. Elle croyait se voir encore elle-même jouant avec Alice, à l'ombre des vieux arbres de Belmont, sous les yeux de son aïeule, et rien ne lui eût manqué, si, la main dans la main de son amie, elle eût pu s'entretenir avec elle de ces frais souvenirs.

Mais Alice semblait ne plus éprouver auprès d'elle aucun plaisir, et, habitant sous le même toit, elles étaient plus que jamais séparées. La conduite de Clotilde, la paix, la joie qu'elle répandait autour d'elle, étaient pour sa cousine un vivant reproche, et il nous est bien difficile d'aimer ceux dont l'exemple nous condamne! Il arrivait parfois à Armand d'envier le sort de René, et quand il prononçait le nom de Clotilde, c'était avec une vénération sur laquelle il n'y avait pas à se méprendre. Il n'y avait pas jusqu'à la petite Laure qui, parlant, avec la naïve expression de son âge, de sa bonne amie Clotilde, ne portât un coup douloureux à Alice.

Pourtant elle aimait encore sa cousine, et rien

ne prouve mieux la force des amitiés contractées dès l'enfance. Quant à Mme de Brussan, plus elle voyait Alice à plaindre, plus elle sentait se transformer en un sentiment quasi maternel l'affection de sœur qu'elle lui avait vouée. Elle ne lui adressait plus ni réprimandes ni conseils; mais chaque fois que la pauvre jeune femme avait besoin d'une consolation, d'une caresse ou d'un regard ami, Clotilde était auprès d'elle.

Alice sentait le prix de ce dévouement; elle eût voulu n'être pas ingrate, elle ne le pouvait pas.

— Tu vaux mille fois mieux que moi, lui disait-elle quelquefois; si tu savais combien je suis ingrate, tu me haïrais....

— S'il en est ainsi, je ne veux pas le savoir; je paierais trop cher ma curiosité, répondait Clotilde en embrassant sa cousine. Mais tu te calomnies, Alice, il n'y a pas meilleur cœur que le tien; et si nous ne nous comprenons pas toujours, ce n'est pas plus ta faute que la mienne.

— Non, tu as raison; il y a tout un monde entre nous, reprenait en soupirant l'autre jeune femme. Ah! ma mère, ma mère, qu'avez-vous fait !...

XVIII.

Le bonheur dans la famille de Brussan. — Ruine de Mme Lucien. — Désespoir de M. Duchâtel. — Un ange consolateur.

Une année s'écoula sans apporter de notables
changements dans la position des deux ménages
amis. Alice pleurait toujours son opulence passée,
et les triomphes remportés par sa vanité sur un
théâtre secondaire ne faisaient qu'ajouter à l'amertume de ses regrets. Il y avait loin, en effet, des
plaisirs qu'elle pouvait se permettre, réduite
qu'elle était aux appointements de son mari, à

la brillante et facile existence qu'elle avait menée quand elle jetait autour d'elle l'or à pleines mains. Armand, obéissant tour à tour à la raison qui lui conseillait le travail et au dégoût qui l'en éloignait, sans pouvoir vaincre l'un ni imposer silence à l'autre, était plus à plaindre encore qu'Alice. René et Clotilde remerciaient Dieu de leur bonheur.

Tous deux travaillaient avec courage; les jours, les semaines s'écoulaient pour eux sans ennui, et René voyait avec transport approcher l'instant où, libre envers ses créanciers, il se sentirait affranchi sans retour des tristes souvenirs de son passé, et recouvrerait ses droits à l'héritage paternel. Autour d'eux régnaient l'abondance et la joie : Clotilde était une ménagère habile et intéressée; mais son économie cédait au désir de plaire à René, et, depuis que l'artiste n'avait plus à redouter la pauvreté, elle avait voulu qu'il jouît du fruit de ses peines et s'était fait une fête de lui rendre une à une les jouissances du bien-être au milieu duquel il avait été élevé.

Puis, on ne travaillait pas toujours, et quand une longue promenade, un concert, ou une partie de campagne, venait distraire et délasser les deux jeunes gens, ils l'accueillaient avec une joie d'enfant : ce qui nous rend difficiles sur le choix des plaisirs, c'est l'abus que nous en faisons.

René, selon la promesse que Clotilde avait faite au colonel, avait fait une copie de son tableau et l'avait envoyée à son père, qui, on se le rappelle, mourait d'ennui loin de ceux qui lui étaient si chers. Les deux beaux portraits avaient, pendant quelque temps, consolé le colonel ; mais bientôt ce ne fut plus assez. Après avoir contemplé la délicieuse figure du chérubin en prière, il se prit à regretter de telle sorte le babil et les innocentes caresses de sa petite-fille, qu'il annonça l'intention formelle de venir se fixer à Paris. Mais une nouvelle attaque de goutte le força d'ajourner ses projets, et les jeunes gens l'ayant appris, se hâtèrent de se rendre auprès de lui.

René retrouva sous le toit qui l'avait vu naître, sous les ombrages qui avaient protégé ses jeux enfantins, de poétiques inspirations, et Clotilde était si heureuse, qu'au lieu du déchirement qu'elle avait craint d'éprouver en voyant Belmont dévasté, il n'y eut place dans son cœur que pour la douce paix qu'y laisse la conscience d'un devoir accompli.

Les bons soins de Clotilde, la joie de revoir tout ce qu'il aimait, rendirent promptement la santé au colonel.

— Décidément, je ne vous quitte plus, mes enfants, leur dit-il; puisque vous voulez vous fixer à Paris, je vais vendre tout ce que je possède et vous y suivre.

Clotilde pâlit : la terre de Brussan n'était pas encore entièrement dégrevée; si le colonel la mettait en vente, il allait tout apprendre.

— Vous ne ferez pas cela, mon père, dit-elle; vous vous rappellerez ce que j'ai souffert en voyant détruire la maison de mon aïeule, et vous épargnerez à René une semblable douleur. Vous viendrez passer l'hiver avec nous, et, au printemps prochain, nous reviendrons, avec les hirondelles, nous installer sous ces beaux ombrages.

— Tu as toujours raison, répondit le vieillard, et cet arrangement me convient à merveille. Nous partirons quand tu le voudras.

On était en février 1848 quand la petite famille

arriva à Paris. René, tout entier à ses travaux, n'avait pas songé à suivre les affaires politiques, fort calmes d'ailleurs lors de son départ pour la campagne. Il remarqua donc avec surprise les symptômes d'agitation qui se manifestaient, et quoique ses amis fussent convaincus que le gouvernement ferait des concessions et que tout se passerait paisiblement, il lui fut impossible de partager leur opinion. Il n'avait rien à craindre pour lui-même, mais il redoutait pour son pays des secousses toujours douloureuses.

— Si j'avais quelque influence sur Mme Delcourt, dit-il un jour à Armand, je l'engagerais à réaliser les sommes qu'elle a placées dans diverses entreprises, car je crois à une crise prochaine.

Armand n'avait pas l'orgueilleuse habitude de mépriser les conseils qu'on lui donnait ; il se rendit chez sa belle-mère et lui fit part de celui qu'il venait de recevoir.

A deux reprises, Mme Lucien avait refusé à Alice la somme nécessaire pour acquitter ses dettes, parce que les actions montaient.

— Vendre pendant que nous sommes en baisse !... s'écria-t-elle en interrompant son gendre, Dieu

10

m'en garde!... Car nous baissons, mon ami, nous
baissons d'une manière effrayante.

— Ce qui prouverait assez, ce me semble, l'op-
portunité de l'avis que je vous transmets.

— Enfant! ne voyez-vous donc pas que cette
panique est l'œuvre de spéculateurs habiles, qui
achèteront à vil prix et tiendront ensuite la dra-
gée haute à leurs dupes? Mais ce n'est pas moi
qui donnerai dans ce piége. Soyez tranquille, la
fortune d'Alice est entre bonnes mains, et vous
serez un jour l'un des plus riches capitalistes de
France.

— Mon Dieu, Madame, je regrette que vous
puissiez croire mon conseil intéressé; car s'il en
était autrement, j'insisterais.

— Ce serait en vain, mon cher Armand. Réaliser pendant la baisse! Jamais.... Quand la hausse
aura repris, nous verrons.

Armand jugea inutile d'importuner plus longtemps Mme Delcourt; il savait que la passion du jeu
est de celles dont on ne guérit point.

Mme Lucien attendait encore la hausse quand
elle apprit la chute de Louis-Philippe et la pro-
clamation de la république. Ces événements sont

encore trop près de nous pour que nous ayons besoin de dire avec quelle rapidité ils s'accomplirent et dans quelle stupeur ils jetèrent toute la France. Mais personne n'en fut plus atterré que Mᵐᵉ Delcourt. Quand elle eut repris la force de penser et d'agir, elle envoya à son homme d'affaires l'ordre de négocier immédiatement les valeurs dont il était dépositaire. C'était chose déjà faite; seulement, à la faveur du trouble, l'agent infidèle s'était enfui, emportant tout ce que possédait sa cliente.

A cette foudroyante nouvelle, Mᵐᵉ Lucien fut atteinte d'une congestion cérébrale, et l'on désespéra de sa vie. Ce délire lui épargna toutefois un affreux chagrin. Elle avait récemment hypothéqué son hôtel pour jeter à de fabuleux coups de dés un enjeu plus considérable. Dès qu'ils apprirent sa ruine, les créanciers réclamèrent l'immeuble qui leur appartenait, et Mᵐᵉ Delcourt, si riche la veille, n'ayant plus où reposer sa tête, fut transportée mourante chez sa fille.

Alice lui prodigua les soins les plus tendres et les plus dévoués, et Clotilde voulut partager avec elle cette pieuse tâche. Tant que dura le danger, elle

ne quitta pas le chevet de la malade; plus forte que
son amie, plus habituée à la fatigue, elle exigeait
qu'Alice prît du repos et ne songeait pas à se mé-
nager elle-même.

Enfin la fièvre céda; mais Mme Lucien retrouva,
avec la raison, le sentiment de son malheur, et
alors commença la partie la plus difficile de la
tâche que Clotilde avait entreprise. Il fallait consoler non-seulement la convalescente, mais Alice,
à qui l'état de sa mère avait interdit d'abord tout
autre chagrin que celui de ses souffrances, toute
autre crainte que celle de la perdre, mais qui, à
mesure que ces souffrances diminuaient, que
cette crainte s'affaiblissait, laissait son esprit s'ap-
pesantir sur ce que la ruine de Mme Lucien renfermait pour elle-même de privations et de douleur.

Clotilde laissa ces deux cœurs s'épancher dans
le sien; elle écouta tour à tour les plaintes de la
mère et celles de la fille, et, ne pouvant sécher
leurs larmes, elle pleura avec elles. Mme Lucien,
qui se rappelait ses injustes préventions et sa
froideur envers la jeune fille, fut profondément
touchée de son dévouement, de la bonté tendre et

patiente avec laquelle elle s'efforçait de lui inspirer le calme.

— Si quelque chose pouvait me faire oublier mes peines, ce serait le bonheur de vous connaître enfin, Clotilde, lui disait-elle quelquefois.

Mme Delcourt, comme beaucoup de personnes du monde, n'avait jamais supposé que la religion pût consister en autre chose qu'en certaines pratiques extérieures, dont il est rare qu'une femme se dispense. Elle ne savait pas, comme la baronne, que Dieu est le consolateur tout-puissant. Clotilde le lui apprit, non par d'importunes exhortations, mais par le simple récit qu'elle lui fit de sa vie, quand l'intimité se fut établie entre elles. Mme Delcourt ne comprit pas d'abord; mais elle pria, comme l'y engageait Clotilde, et ses larmes devinrent moins amères.

Il n'en fut pas de même d'Alice : elle ne voulait pas être consolée. Elle n'avait supporté la modeste condition qu'Armand lui avait faite que comme une épreuve qui ne pouvait longtemps durer, et maintenant qu'il ne lui restait plus la perspective de la brillante fortune sur laquelle elle comptait, chaque jour sa douleur prenait le caractère d'un véritable désespoir.

Un jour, elle s'oublia jusqu'à reprocher à Mme Lucien d'avoir imprudemment risqué toute cette fortune, sans songer à mettre sa fille à l'abri d'un funeste hasard.

— Je te voulais plus riche encore, répondit Mme Delcourt. Je t'aimais tant!

— Ah! que cet amour m'a été fatal! s'écria la jeune femme. Je lui devrai le malheur de toute ma vie.

— Tais-toi, cruelle enfant, et laisse-moi espérer pour toi un meilleur avenir. Vois Clotilde, pourquoi ton sort serait-il différent du sien?

— J'admire Clotilde et je ne puis l'imiter. Clotilde est tout le portrait de notre aïeule, la meilleure et la plus courageuse des femmes....

— Et la plus sage des mères, ajouta Mme Delcourt, en contenant à grand'peine son émotion. Tu as raison, Alice, mon amour t'a été fatal. Si je t'avais laissée aux soins de cette noble femme, si j'avais suivi ses conseils, tu serais heureuse, et moi.... moi, je serais aimée, tandis que ma fille a le droit de me maudire.

— Que dites-vous, ma mère? s'écria Alice, en se jetant à ses genoux. Ah! il ne manquait plus à ma douleur que la vue de celle que je vous cause.

— Tais-toi, pauvre enfant, dit Mme Delcourt en la pressant dans ses bras. Tes reproches sont ma juste punition, et j'aurais tort de m'en indigner. Mais profite de mon exemple, Alice, et tâche de faire pour ta fille ce que je n'ai pas su faire pour toi.

Quoi qu'en pût dire Mme Delcourt, Alice l'aimait; elle se reprocha vivement de l'avoir affligée, et sa tristesse s'en augmenta.

Le lendemain, Armand rentra plus tard que de coutume; il était pâle et bouleversé.

— Qu'as-tu donc? lui demanda Alice. Que t'est-il arrivé?

— Rien de bon, répondit-il.

— Que pourrait-il donc encore nous arriver de pénible? fit la jeune femme avec un amer sourire.

— Ah! tu te crois à l'abri des coups du sort? dit Armand avec la même ironie.

— Quand on a tout perdu, que peut-on redouter encore?

— Ainsi tu te trouves pauvre avec 12,000 fr.
d'appointements?

— Que veux-tu dire?

— Que ces 12,000 fr., tu ne les auras plus....
Alice, j'ai perdu ma place!

— Mon Dieu! s'écria la jeune femme.

Et elle tomba froide et inanimée sur le fauteuil
qu'elle venait de quitter. Mme Delcourt lui fit res-
pirer des sels; Armand était incapable de la se-
courir.

A cet homme, brisé par un coup si terrible,
exaspéré par l'inutilité des démarches qu'il avait
faites, et dont le cœur débordait d'indignation et
de fiel, il eût fallu de tendres consolations, d'en-
courageantes paroles. Alice ne le comprit pas.
Trop égoïste pour s'apercevoir de la souffrance
d'autrui, elle laissa, dès qu'elle revint à elle, la
sienne s'exhaler en cris et en plaintes immodérées.

— Nous sommes perdus, perdus sans retour!...
disait-elle en sanglotant. Que ne puis-je mourir,
mon Dieu!... Quel avenir! La misère, la hideuse
misère, à moi.... Mais non, je ne la supporterai
pas! le chagrin me tuera.... Que n'est-ce aujour-
d'hui, mon Dieu!...

Armand l'écoutait. Trouvant encore dans sa tendresse la force d'essayer de la calmer, il s'approcha d'elle.

— Alice, lui dit-il, au nom du ciel, ne désespérez pas : tant que je vivrai, la misère n'approchera pas de vous.

Un mot, une caresse allaient faire couler des larmes qui eussent sauvé Armand; Alice le repoussa.

Haletant, éperdu, il s'enfuit dans son cabinet et en tira les verrous sur lui. Il resta quelques instants comme anéanti, sans pensée et sans volonté. Puis les ténèbres qui l'entouraient se dissipèrent, et d'un coup d'œil il embrassa l'avenir qui l'attendait. Il se sentait assez fort pour lutter contre l'adversité et, au besoin, pour en supporter les rigueurs. Mais Alice.....

A cette pensée, la fièvre alluma son sang, ses tempes battirent avec violence et sa raison s'égara. Une seule idée resta debout dans son cerveau que la nuit recommençait à *envahir*, l'idée du suicide.

Armand avait beaucoup étudié; il y avait peu de sciences sur lesquelles il ne pût raisonner avec

10.

une remarquable supériorité; mais s'il avait su jadis de la religion ce qu'on a coutume d'en enseigner à l'enfance, il l'avait depuis longtemps oublié. A ceux qui ne croient ni n'espèrent, que reste-t-il au jour de la douleur? Le néant.... Et l'on s'étonne de voir le suicide jeter le deuil et la terreur au sein des familles!...

Mme Lucien, qui avait remarqué l'agitation d'Armand, frappa à sa porte.

— J'ai besoin d'être seul encore un instant, répondit-il.

Sa voix était calme; la veuve, rassurée, retourna auprès de sa fille, qui se désolait toujours. Ses sanglots parvinrent aux oreilles d'Armand, attentif au bruit des pas de Mme Lucien. Sa pâleur augmenta; d'un geste brusque il ouvrit un secrétaire et en tira un pistolet qu'il arma. Puis il traça à la hâte ces quelques lignes : « J'aurais pu supporter mon malheur, Alice, je suis sans force contre votre désespoir. Moi mort, votre sort pourra changer.... C'est pourquoi je vais mourir. Adieu!... »

Cela fait, il reprit l'arme qu'il avait placée près de lui. Déjà le tube meurtrier se dirigeait vers son front, quand une petite voix caressante se fit entendre.

— Ouvre-moi, papa, je t'en prie, disait Laure.

A ces accents chéris, Armand frissonna : le malheureux avait oublié son enfant !

Une lutte horrible se livra dans son cœur entre l'amour paternel et le désir de la mort.

— Mais ouvre-moi donc, petit père, reprit la douce voix. Ouvre-moi, je veux t'embrasser.

De grosses gouttes de sueur perlaient au front d'Armand ; son plus cruel ennemi n'eût pu voir ses tortures sans en être attendri. La vue du pistolet le fascinait, il avait hâte d'en finir ; mais mourir sans avoir donné à sa fille le baiser qu'elle demandait, c'était impossible.

— Vite ! dit-il en entr'ouvrant la porte et en pressant Laure dans ses bras.

Laure, à qui personne n'avait pensé pendant la scène cruelle qui avait suivi le retour d'Armand, était montée chez Clotilde.

— Viens, bonne amie, lui avait-elle dit, papa a du chagrin et petite mère pleure bien fort. Oh ! viens, je t'en prie.

L'enfant avait remarqué que la présence de Clotilde ramenait chez elle le calme et la sérénité.

La bonne Clotilde s'était empressée de la suivre, et Mme Lucien lui ayant, en peu de mots, appris la cause de l'état dans lequel elle trouvait Alice, une crainte mortelle, un pressentiment terrible l'avait saisie.

— Appelle ton père, dit-elle à la petite fille, en l'entraînant vers le cabinet.

Après avoir embrassé Laure, Armand referma la porte. Mais il n'était plus seul : Clotilde s'était avancée jusqu'auprès de la table sur laquelle il avait replacé son arme.

— Qu'alliez-vous donc faire, mon ami?... lui dit-elle.

Le ton et le regard qui accompagnaient ces simples paroles en faisaient un si éloquent reproche, qu'Armand rougit et se troubla.

— Si vous saviez ce que je souffre!... murmura-t-il.

Clotilde appela Alice.

— Regarde, lui dit-elle, en lui montrant le pistolet et le billet resté tout ouvert.

Alice jeta un cri et tomba aux genoux de son mari.

— Pardon ! s'écria-t-elle, joignant les mains.

— Je n'ai rien à te pardonner, Alice.

— Pour Dieu ! ne me parle pas ainsi. Ah ! je suis coupable, bien coupable, je le sais ; mais prends pitié de moi, je t'en conjure !... Ne m'abandonne pas, n'abandonne pas notre enfant.

— Tenez, Armand, dit Clotilde en lui présentant le pistolet.

Il le prit et le jeta loin de lui.

— J'étais fou !... dit-il. A votre tour, oubliez et pardonnez....

— Clotilde, tu nous as sauvés !... s'écria la jeune femme, toujours agenouillée.

Clotilde lui tendit les bras.

— Non, non, laisse-moi t'adresser une prière : Ce n'est pas assez de nous avoir sauvés ; achève ton ouvrage. Rends-moi semblable à toi !...

Clotilde la releva et la pressa sur son cœur.

— Du courage, Alice, lui dit-elle, et vous pourrez encore être heureux. Je connais votre position, Armand, ajouta-t-elle, en voyant l'œil du jeune homme s'assombrir encore. Rassurez-vous : tout ceci n'aura qu'un temps.

— Mais il faut vivre, objecta-t-il.

— Ecoutez, mes amis, reprit-elle ; nous ne sommes pas riches, mais la révolution qui vient de briser tant d'existences ne nous a pas atteints. René a reçu d'importantes commandes pour l'Angleterre et la Russie. Il a du travail pour deux ans au moins. Nous aurions bien du malheur, si d'ici-là nous ne trouvions tous à nous occuper. René vous aidera, mon cousin ; je me charge d'Alice.

Armand lui serra la main, Alice l'embrassa : ses offres étaient acceptées.

Il restait à peine à Mme Lucien, tant en meubles qu'en bijoux, de quoi vivre fort modestement ; aussi ses enfants refusèrent-ils de partager avec elle cette dernière ressource. Cette petite somme fut placée à cinq pour cent et garantie par première hypothèque. Se défiant d'elle-même, la veuve, si promptement ruinée par le jeu de la bourse, avait prié René de se charger de ce soin.

Armand, honteux d'avoir eu la pensée de se dérober par le suicide aux souffrances de la pauvreté, accepta résolûment sa position et chercha

du travail. En temps de révolution, personne ne
s'occupe de science; il ne pouvait donc songer à
utiliser ses moyens; mais, décidé à ne reculer
devant rien, il accepta avec joie l'offre qui lui
fut faite de tenir les livres d'un épicier du voisinage.

Alice n'avait aucun talent dont elle pût vivre;
elle avait brillé comme musicienne dans le salon
de sa mère; mais ces applaudissements, elle
commençait à les apprécier à leur juste valeur.
Pourtant elle aussi voulait travailler. Elle se pro-
cura de la musique à copier; il ne fallait pour
réussir qu'une grande application : elle y parvint.

Les domestiques avaient été congédiés et l'appartement abandonné, celui de René pouvant
suffire aux deux ménages, en attendant des jours
meilleurs. Alice partageait avec Clotilde tous les
détails dont elle eût naguère rougi de s'occuper.
La terrible leçon qu'elle avait reçue avait porté
ses fruits, et nul n'eût pu reconnaître dans cette
jeune femme, occupée de soins vulgaires ou
courbée pendant de longues heures sur un fasti-
dieux travail, la brillante Mme Duchâtel que tout
Paris avait admirée.

Si nous disions que ce changement s'opéra sans qu'Alice songeât au passé, personne ne nous croirait; mais chaque jour apporta quelque adoucissement à ses regrets, et bientôt elle s'étonna elle-même de la paix inconnue qui leur succédait. Quand Armand rentrait, sa journée finie, et, la trouvant encore à l'ouvrage, la regardait avec attendrissement; quand Laure, assise à ses pieds, lui demandait quand elle serait assez grande pour partager son travail, de douces larmes remplissaient ses yeux, et elle se sentait avec un doux orgueil digne de l'amour qu'elle leur inspirait.

Clotilde d'ailleurs était là pour la soutenir et l'encourager, Clotilde, fière et heureuse de pouvoir enfin s'acquitter de la dernière recommandation de son aïeule : « Sois l'ange gardien d'Alice. »

Un an de cette vie humble et laborieuse suffit pour changer entièrement les goûts et le caractère de la jeune femme, et quand M. Duchâtel, redevenu le savant consciencieux et modeste que nous avons connu, fut appelé à occuper une chaire dans un des premiers colléges de France, elle ne voulut reparaître dans le monde qu'autant que sa nouvelle position l'exigeait.

— J'ai encore besoin de tes conseils et de tes exemples, dit-elle à Clotilde. Nous ne nous quitterons pas. Tu élèveras nos filles comme notre aïeule t'a élevée ; elles grandiront en s'aimant, et un jour, en leur apprenant ce que je te dois, je leur dirai :

— Le bonheur n'est pas sur la route du plaisir ; enfants, cherchez-le dans le sentier du devoir.

FIN.

TABLE.

—

                                                              PAGES.
I. — La baronne Delcourt. — Alice et Clotilde. .   7

II. — Mme Lucien Delcourt. — La famille Delcourt
  à Paris. — Retour de la baronne Delcourt et de
  Clotilde à Belmont. . . . . . . , . . .   24

III. — Lettre de Mme Delcourt sur l'importance de
  l'éducation des filles.   34

IV. — Eugénie et Antoinette Dubreuil. — Mme Germont. — Leur liaison avec Mme Lucien. . . .   46

V. — Amour de Clotilde pour l'étude. — Ses progrès. — Son affection pour Alice.   57

VI. — Mme Delcourt et Clotilde à Paris, chez
  Mme Lucien. — Amitié des deux cousines. . .   65

VII. — Goûts caractéristiques de Clotilde et d'Alice.   78

VIII. — Mme Lucien et Alice à Belmont. — Retour
  à Paris. . . :   88

IX. — M. Armand Duchâtel. — Mariage d'Alice. .   98

X. — M. de Granville se retire à Belmont auprès de
  sa belle-mère. — Sa mort.   112

PAGES.

XI. — M. le colonel de Brussan. — René, son fils.
— Mariage de Clotilde.. 119

XII. — Les époux Duchâtel et de Brussan au sein
de leur ménage. 132

XIII. — Derniers moments de la baronne. — Sa
mort. — Position critique de René. — Belmont est
vendu.. 145

XIV. — Les époux de Brussan vont se fixer à Paris.
— Visite aux époux Duchâtel. — Sages conseils de
Clotilde. 156

XV. — La jeune Mariette. — Héroïque dévouement
de Clotilde. — Naissance de Marie. — René converti et peintre. 172

XVI. — Naissance de Laure. — Mme Lucien se livre
avec passion au jeu de la bourse. — Embarras pécuniaire de M. Duchâtel. — Visite du colonel de
Brussan.. 188

XVII. — Les époux Duchâtel et de Brussan sous le
même toit. — Contraste entre les deux ménages. . 201

XVIII. — Le bonheur dans la famille de Brussan.
— Ruine de Mme Lucien. — Désespoir de M. Duchâtel. — Un ange consolateur. 213

FIN DE LA TABLE.

Rouen. — Imp. MÉGARD et Ce, rue Saint-Hilaire, 136.

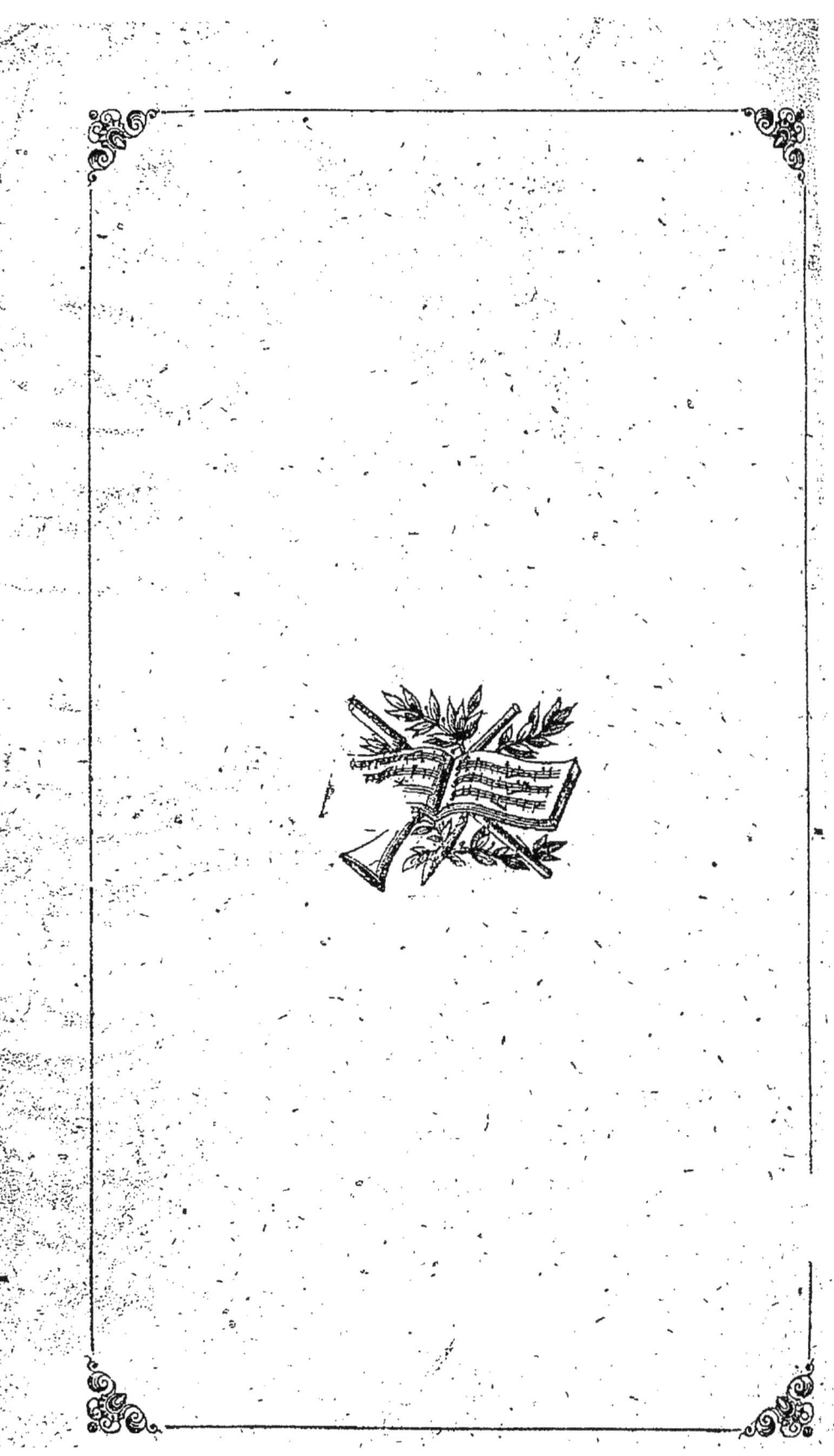